www.tredition.de

AF198182

Nur wer sich seinen Herausforderungen
stellt, hat überhaupt eine Aussicht auf Erfolg.

www.simonsprock.com

Simon Sprock

***

Agent Pfeiffer als goldener Reiter

Ein mitreißender Polit-Thriller

www.tredition.de

© 2020 Simon Sprock

2. überarbeitete Auflage
In der ersten Auflage veröffentlicht als Teil aus: „Agent Pfeiffer: Rote Fahnen im Wind"

Umschlagbild: © DedMityay (Adobe Stock)
Unterstützung in der Vermarktung:
Sprock Ventures UG (haftungsbeschränkt)

Verlag und Druck: tredition GmbH, Halenreie 40-44, 22359 Hamburg

ISBN
Paperback: 978-3-347-01392-6
Hardcover: 978-3-347-01393-3
e-Book: 978-3-347-01394-0

Danke an den Menschen, der mich mehr als alle anderen motiviert und inspiriert, an jedem Tag aufzustehen und Neues zu schaffen!

Die Reihe „Rote Fahnen im Wind" soll dazu inspirieren, politische Ereignisse und Maßnahmen kritisch zu betrachten.

Inhaltsverzeichnis

Vorwort

Die Idee und Inspiration zu „Agent Pfeiffer: Rote Fahnen im Wind" kam mir während meines Kampfes gegen den Krebs im Krankenhaus („#Krebspatient").

Nach einer zwölfstündigen OP hatte ich auf der Intensivstation mit Magensonde und unter Einfluss von Morphinen haarsträubende Träume, aber auch verwirrende Erlebnisse im Halbschlaf. Einen Teil dieser Träume und Erlebnisse habe ich in diesem Buch zusammengefasst, aber zum besseren Verständnis auch umgeschrieben und um einige Details ergänzt.

In seinem ersten Abenteuer hat Agent Pfeiffer sich aus einer misslichen Lage befreit. Mit neugewonnenen Freunden hoffte er, einen Schlag gegen die Machtergreifung der Roten Fahnen ausüben zu können. Leider ging der Schlag nach hinten durch. Alle verbündeten scheinen tot. Agent Pfeiffer treibt dies in den Wahnsinn. Jetzt ist er schließlich in der Psychiatrischen Heilanstalt gelandet, aber wie geht es weiter? Ist die Psychiatrie vielleicht unter Kontrolle der Gegner? Ist Agent Pfeiffer nur bedingt verrückt geworden? Erhält er die erneute Chance, gegen einen schier übermächtigen Gegner vorzugehen?

Dies ist ein überaus packender politische Thriller, der sich kritisch mit der Verbindung zwischen Extremismus in irgendeiner Form (links- oder rechtsgerichtet) und einer angeblich resultierenden Freiheit auseinandersetzt. Des Weiteren werden ebenfalls Gesellschaftskritische Aspekte mit betrachtet.

In dem Sinne hoffe ich, dass du, der Leser, diesen spannenden Roman vollkommen genießen kannst. Lasse es auf dich einwirken, aber lasse auch kritische Gedanken zur aktuellen politischen Lage zu, um die Geschehnisse in diesem Roman nicht wahrwerden zu lassen. Dieses Buch soll eine Fiktion bleiben.

Dunkle Hoffnung

Ein schwarzer Raum, kein Traum, nichts an das ich mich erinnere. Irgendwann nehme ich meine Umgebung wieder wahr. Mein Kopf fühlt sich weich an. Wer bin ich, wo bin ich? Wie bin ich hierhergekommen? Bin ich hier etwa zu Hause? Ich trage weiße Hausschuhe und einen weißen Pyjama.

Auf einem Stuhl sitze ich, mit drei anderen am selben Tisch. Zwei spielen Schach, der dritte malt und ich? Was mache ich hier und wer sind die anderen? Alle tragen dieselbe Kleidung hier, sogar an den anderen Tischen.

Ich frage in die Runde, „hey, wer bist du? Wer bin ich? Wo bin ich hier?"

„Psst," flüstert der Malende, „nicht reden, wenn die Aufseher wieder merken, dass dein Verstand wiederkommt, dann setzen sie dich wieder unter Drogen und du verschwindest für ein paar Tage, also rede nicht, male einfach nur vor dich hin. Schließlich musst du hier rauskommen, um die Menschheit zu retten, um ihr und uns die Freiheit zu schenken."

„Richtig," flüstert einer der Schachspieler, „schließlich bist du der Auserwählte, der Retter der Menschheit, der goldene Reiter, der die Freiheit bringt, und die Aufseher sind mit dir kritischer als mit allen anderen. Du musst dein goldenes Einhorn finden, um deine Mission zu erfüllen."

„Ok, wenn ihr meint," antworte ich leise, „kann ich mich denn bewegen?"

„Ja," antwortet der Maler, „aber vorsichtig, langsam, nicht reden, nicht antworten, wenn dann einzelne Worte und auf den Boden gucken. Immer runter gucken, Nicht lächeln und kleine Schritte, sehr kleine Schritte und nicht reden, nur kurz antworten."

„Ok, danke," unterbreche ich seine endlosschleife.

Was meinen die mit ich sei der Auserwählte? Auserwählt von wem? Und Freiheit? Freiheit wovon? Retter vor was? Was ist mein goldenes Einhorn? Wo ist denn mein goldenes Einhorn? Ist das hier irgendwo?

Vorsichtig stehe ich auf und gehe auf den Boden schauend, langsam und in kleinen Schritten durch den Raum. Zunächst laufe ich nur sinnlos Kreise. Die Aufseher sollen keinen Verdacht schöpfen. Schließlich sollen sie mich ja mehr als die anderen beobachten.

Nach einer Weile verlasse ich den Ram, vorbei an den Aufsehern. Einer von beiden folgt mir. Ich höre Schritte hinter mir, die mich folgen. Habe ich denn nirgendwo meine Ruhe?

Ich versuche, einen Raum zu betreten, aber mein Aufpasser stoppt mich, „nein, das ist nicht dein Raum, dies ist der Raum von Gerd."

Er zieht mich raus und führt mich über den Flur in einen anderen Raum.

Mit entspannter Stimme sagt er, „hier, dies ist dein Raum."

Ich sehe das Bett, die Fesseln hängen runter. Die gepolsterten Wände an den Seiten und das Licht kommt herein von weit oben. Jetzt erinnere ich mich. Ich erinnere mich an meinen Traum mit den Engeln und Einhörnern. Ich erinnere mich an die Fahrt in der Ambulanz und an die Explosion in der mein Team ums Leben kam. Ich erinnere mich an die Begegnung mit meiner Frau und meinem Kind, die ich immer noch nicht komplett kenne. Und dann war da noch die Flucht aus einem Gebäude und aus Frankfurt (Oder). Auch an Teile einer OP erinnere ich mich, aber das war es. Was war zuvor? Ich erinnere mich, mich nicht erinnern zu können und das lässt mich nicht in Ruhe. Ich muss die Umgebung hier noch weiter erforschen. Es muss hier einen Ausweg geben. Ich muss für die Freiheit kämpfen, aber wie und womit?

Soweit ich mich erinnere geht alles was ich sehe und höre auch an den Feind. Muss ich eine falsche Fährte legen? Sollte ich meine Verbindung zur Partei nutzen, um sie in eine Falle zu locken? Aber wie und wo und mit wem? Kann ich das allein?

Wenn Sie gesehen und gehört haben, was wir am Tisch besprochen haben, dann werden sie bald mit neuen Drogen kommen. Es scheint zumindest so, als würden die Aufseher die Befehle der sozialistischen Partei befolgen. Was kann ich bloß machen? Stillstand, also hier im Raum zu bleiben, ist keine Lösung.

Vielleicht gibt es ja wieder einen Wäscheschacht, oder einen anderen Ausweg.

Vorsichtig und langsam verlasse ich den Raum wieder. Der Aufseher folgt mir. Na toll, jetzt habe ich ein Anhängsel. Ich gehe den Gang entlang, in die entgegengesetzte Richtung von dort, wo ich herkomme. Ich folge dem Gang, der bald nach rechts geht. Mein Spitzel verfolgt mich wieder Schritt für Schritt. Vielleicht kann ich auf Toilette ja mal allein sein, aber wie komme ich da hin? Wo ist die?

„Toilette," murmle ich vor mich hin.

„Wie bitte? Willst du auf Toilette?" Fragt mein Verfolger.

Ich wiederhole, „Toilette."

„Ok, ich bringe dich auf Toilette," Antwortet mein Verfolger und führt mich am Arm in einen Raum.

Er kommt mit rein, bis vor die Toilette und sagt, „hier ist die Toilette."

Er dreht sich um, steht aber noch immer genau vor mir. Ich bin ja echt unter kompletter Bewachung hier.

So ziehe ich meine Hose runter und setze mich hin. In zwei Metern Höhe gibt es auch hier ein Fenster. Wenn ich es schaffen könnte, hier allein zu sein, dann könnte ich versuchen, auszubrechen. Aber wie krieg ich das hin?

„Durst," brumme ich vor mir hin, „trinken."

„Gleich, wenn Sie fertig sind," antwortet er mürrisch.

„Durst, jetzt," murmle ich als Antwort.

„Hmm, ok, Moment," sagt er widerspenstig und verlässt den Raum.

Dies ist meine Chance. Schnell stehe ich auf, ziehe die Hose wieder an, springe hoch und versuche, mich hochzuziehen. Leider klappt das so nicht. Meine Armmuskeln sind schwach, als wäre ich seit Wochen nicht aktiv gewesen. Wie lange bin ich hier?

Angespornt von der Angst, hier nicht rauszukommen versuche ich es weiter, bis ich jemanden an der Tür höre. Schnell lasse ich mich fallen, als auf einmal der Hausalarm losgeht. War ich das?

„Sie warten hier," ruft mir mein Anhängsel zu.

Ich antworte natürlich nicht, erkenne aber darin eine Chance, mich hier ein wenig umzuschauen. So verlasse ich meine kleine Toilettenzelle und schaue mich um. Gibt es hier eine Leiter oder etwas das ich als Leiter nutzen kann?

In diesem Raum erkenne ich nichts Nützliches und gehe vor zum Waschbecken, wo ich mich im Spiegel betrachte. Bin das ich? Die Haare sind länger als beim letzten Mal. Die Naht am Kopf ist komplett vom Haar bedeckt. Inzwischen trage ich einen Vollbart. Wie lange bin ich hier? Wie lange geben die mir schon

Drogen und wieso rasiert mich keiner, so wie die anderen Patienten oder vielleicht eher Insassen? Alle sehen gepflegt aus, nur ich nicht.

Plötzlich geht die Tür auf und jemand stülpt mir von hinten einen Sack über den Kopf. Ich sehe nur noch dunkel. Ist dies ein Grund zur Hoffnung? Oder ist dies wieder die Partei, also die Sozialisten, die mich entführen?

Eine unbekannte, männliche Stimme höre ich kommentieren, „dein goldenes Einhorn ist da."

Was ist hier los? Bin ich doch nur in einer Psychiatrie und die wollten mir helfen? Haben sich die Sozialisten jetzt doch entschlossen, mich auszuschalten oder mich zu reaktivieren? Haben sie eine neue Bedrohung, die ich wieder infiltrieren soll? In was für einer Scheiße stecke ich hier bloß? Ich will doch lediglich ein einfaches, ruhiges, friedvolles, freies, glückliches Leben mit meiner Familie. Wieso kann ich das nicht haben?

Der Entführer bindet mir meine Arme und Beine fest, die Arme sogar auch an meinen Körper. Ich kann mich nicht wehren. Auf einmal spüre ich wieder eine Spritze im Arm und mir wird übel, bevor ich einschlafe.

Ich werde wach und erkenne wieder grelle Lichter über mir. War alles nur ein Traum? Werde ich wieder wach? Aber wo bin ich hier und wer bin ich? Oder modifizieren mich die linken Terroristen nur wieder?

„Er ist wach," höre ich eine angenehme weibliche Stimme kommentieren.

„Genau rechtzeitig," kommentiert ein Mann in ärztlicher OP-Kleidung, der an der Seite steht, „geben Sie ihm Sauerstoff und Narkosemittel. Dann können wir gleich starten."

Nichts Genaues kann ich bisher erkennen. Zu benommen bin ich noch. Leider kann ich bisher lediglich einige Muskeln im Gesicht steuern, sonst nichts. Ich kann mich nicht wehren. Die Frau, vermutlich eine Schwester drückt mir eine Atemmaske aufs Gesicht. Nach wenigen Atemzügen werde ich wieder müde, schließe meine Augen und mir wird übel, kurz bevor ich erneut einschlafe.

Irgendwann höre ich dann wieder etwas.

„Hallo," höre ich jemanden mich begrüßen, „hören Sie mich?

Schwerfällig öffne ich meine Augen. Über mir schaut mich eine Schwester an.

„Guten Morgen Herr Pfeiffer, tapfer haben Sie gekämpft," berichtet sie, „sie haben die Operation gut überstanden und können schon bald wieder raus hier."

Ich fühle mich noch immer von der Narkose benommen und antworte einfach nur, „ok, vielen Dank."

Was ich aber wirklich denke ist anders. Links und rechts vom Bett erkenne ich Gitter, aber meine Hände und Füße sind frei. Ich glaube sogar, mich wieder erinnern zu können, an die wunderbare Zeit, die ich mit Lisa hatte. Erinnerung kommen zurück, die mir zeigen, wie wir uns kennengelernt haben und die Geburt von Samantha. Ich weiß wieder, wie es sich anfühlte, unseren Engel das erste Mal im Arm zu halten.

War das alles, der Kampf gegen die Sozialisten jetzt wirklich nur ein Traum? Was war Traum und was war Realität?

Das letzte, an das ich mich vor diesem endlosen Alptraum erinnere ist, wie ich mit einem Kollegen verdeckt ermittelt habe. Ich arbeite in einem Geheimdienst im Auftrag des Verfassungsschutzes. Wir haben eine interne Gruppierung beobachtet, die wir unter internationalem Terrorverdacht gestellt haben.

Soweit ich mich erinnere, waren wir in einem Auto unterwegs. Die Gruppierung, der wir uns kurz zuvor in Berlin angeschlossen hatten, wurde zu einer zentralen Versammlung „sozialistischer Hoffnungsträger" in Senftenberg eingeladen.

Wir waren auf jeden Fall im Auto auf den Weg dorthin und dann ist uns plötzlich von der Fahrerseite jemand reingefahren. Ich war zum Glück nur Beifahrer. Bin ich jetzt nur operiert worden wegen dem Unfall? Ist alles in Ordnung und die Bedrohung meiner Familie und der Tod des Teams aus meinem Traum waren nur ein Alptraum? Bin ich jetzt wieder sicher? Wenn nicht, dann sehe ich schwarz, aber ja, ich denke, ich kann sicher sein.

Beruhigt schließe ich meine Augen wieder und gebe mich meiner Sehnsucht nach Schlaf hin. Ich hoffe nur, nicht wieder so einen verrückten Traum mit Träumen im Traum zu haben.

Natürlich, wenn ich jetzt darüber nachdenke: Ein Chip im Kopf, der mich mit anderen verbindet oder der mich zur Kamera für andere macht. Sowas kann doch nur in einem Buch, im Fernsehen oder im Traum passieren. So etwas kann doch nicht real sein.

Selbstsicher und beruhigt döse ich dahin und schlafe langsam wieder ein. Ich fühle mich in Sicherheit. Wenn ich das nächste Mal aufwache, wird Lisa bestimmt da sein, meine wundervolle Frau mit meiner für mich perfekten Tochter, Samantha.

„Guten Morgen Michael," höre ich noch im Halbschlaf eine bekannte weibliche Stimme von der Seite.

Neben dem lieblichen Ton der vertrauten Stimme höre ich aber auch eine Menge Piep-Geräusche in der Umgebung. Haben diese Geräusche meine Träume beeinflusst, vor allem am Anfang, als der Schlaf noch nicht so tief war? Oder befinde ich mich wieder in linker Gewalt? Aber meine Hände und Füße sind nicht gefesselt. Nein, ich muss woanders sein. Ist das vielleicht meine Frau, die mich gerade angesprochen hat?

„Hallo, Michael, hörst du mich?" Versucht es die weibliche Stimme erneut.

„Lisa?" Frage ich kurz bevor ich meine Augen öffne.

Neben mir sitzt nicht Lisa, nein, aber das Gesicht kommt mir bekannt vor. Das ist Sophie. Sophie, aus meinem Traum. Sophie, die in einer Explosion gestorben ist, in meinem Traum. Wieso erinnere ich mich nicht an ihre Rolle in meinem wahren Leben oder Träume ich noch? Bin ich womöglich tot? Habe ich Gedächtnislücken nach dem Unfall? Ist es aus zwischen Lisa und mir? Was ist mit Samantha, hat Lisa das volle Sorgerecht? Ich meine, verstehen würde ich es, schließlich ist sie Krankenschwester und mein Job ist gefährlich, so gefährlich, dass ich jetzt hier bin.

„Nein, ich bin nicht Lisa, ich bin Sophie," antwortet sie mit einer liebevollen Stimme.

„Sophie," beginne ich meinen ersten klaren Satz, „Sophie, ich kenne dein Gesicht, aber woher kennen wir uns? Ich meine, es tut mir leid, wenn wir zusammen sind oder so. Ich will dich nicht verletzen, aber woher kennen wir uns? Wie lange kennen wir uns?"

„Nunja," erklärt sie, „wir kennen uns seit etwa zwei Monaten. Ich habe dich aus der Polizeiwache gerettet."

„Das ist alles echt passiert?" Unterbreche ich sie, „ich dachte, das wäre nur ein Alptraum gewesen."

„Ja, das war alles wahr," antwortet sie und legt ihre Hand auf meine.

„Aber, wenn das alles wahr war," versuche ich mein Durcheinander in Worte zu fassen, „wieso lebst du dann noch? Ich meine, die Nachricht von der Partei, die Explosion und all die erschossenen Körper, wenn das alles wirklich passiert ist, dann muss dich die Explosion doch umgebracht haben. Die war gewaltig. Du solltest hier jetzt verschwinden. Ich bringe dich nur wieder in Gefahr. Sag mir bloß nicht wo ich bin. Sonst findet uns die Partei. Das wäre ein Alptraum. Ich will dich nicht schon wieder umbringen."

„Mach dir keine Sorgen," erklärt Sophie, „wir haben dir den Chip der Partei herausgenommen. Du überträgst nichts mehr an die Partei. Wir haben ihn durch einen unserer Mikrochips ersetzt. Der funktioniert nur bei uns untereinander. So können wir uns warnen und wahrscheinlich ist auch dein Gedächtnis wieder da."

„Ja," stimme ich stolz zu und lächle.

„Das ist doch super," fährt sie fort, „ich bin froh, dass du den Eingriff so gut überstanden hast. Wir müssen uns jetzt neu formatieren. Unsere alten Räumlichkeiten sind nicht mehr sauber."

„Was war mit der Explosion?" Unterbreche ich sie.

Sophie erklärt weiter, „die Explosion war gewaltig. Da hast du recht. Wir hatten Glück. Die Partei hat einige Einstellungen falsch vorgenommen. Wir konnten alles hören und uns in Sicherheit bringen, also zumindest Francois und ich. Thomas und Giovanni haben es leider nicht geschafft. Wir waren sicher im Treppenhaus. Die Druckwelle hatte uns erst einmal umgehauen, aber wir waren ok. Natürlich konnten wir nicht riskieren, dass du uns siehst oder hörst, weshalb wir oben ruhig geblieben sind, bis wir gehört haben, dass du weggefahren bist. Dann haben auch wir uns auf den Weg in Sicherheit gemacht."

„Das erleichtert mich," antworte ich, „wie habt ihr mich gefunden?"

„Naja," erklärt sie, „erst wollten wir dich nicht suchen. Wir haben andere verdeckte Ermittler ausfindig gemacht, aber die wenigsten wollten uns unterstützen. Entweder sagten sie, wir stünden unter einem schlechten Omen, sie hatten Angst vor der Partei nach dem Vorfall, oder sie haben uns einfach nicht geglaubt. Wir brauchten aber noch mehr Leute, weshalb wir uns zunächst mit ausgewählten Kontakten auseinandergesetzt haben, denen wir mehr als nur vertrauen. Da kam der Vorschlag, es zu riskieren, den Chip auszuwechseln. Zu verlieren hattest du ja nichts mehr. Mit dem Chip wärst du sicherlich nicht mehr glücklich gewesen. Über einen Informanten haben wir gehört, dass jemand verrücktes in der Psychiatrie eingewiesen wurde, jemand der gegen die Sozialisten wetterte wie sonst niemand und auch unter besonderer Überwachung stünde. Da war uns klar, dass du es warst und ja, dann haben wir dich von dort entführt, in diese Privatklinik gebracht und den Chip ausgewechselt. Den Sozialisten-Chip haben wir zerstört, unbrauchbar gemacht und eingeschmolzen."

„Aber hättet ihr die im zentralen Labor nicht analysieren und die Ergebnisse für euch nutzbar machen können?" Hake ich nach.

„Wir wollten kein Risiko eingehen, auch die geheimen Laboratorien auffliegen zu lassen," antwortet Sophie.

„Ok, cool," bestätige ich sie, „aber was ist mit Lisa und Samantha? Hast du was von ihnen gehört? Wurden sie vielleicht entführt, als ich verschwunden bin? Weißt du irgendwas darüber? Die Partei hat mir damit gedroht, wenn ich etwas Dummes anstelle."

„Mache dir keine Sorgen," beruhigt mich Sophie und streicht mir langsam über den Arm, „unsere israelischen Kontakte haben Lisa und Samantha, wie auch die Gastgeber Guy und Anna in Sicherheit gebracht. Niemand wird ihnen etwas antun können. Dies haben wir bereits angeleiert bevor wir dich aus der Anstalt entführt haben."

„Vielen, vielen Dank," zeige ich meine Dankbarkeit, „ohne euch wäre ich schon längst verloren. Also lasst es uns zu Ende bringen."

„Nein," antwortet sie, „noch nicht, du musst dich erst einmal erholen. Wenn du dich wieder erinnerst, kannst du uns ja erklären, wie du in die Hände des roten Geschwürs gekommen bist. Jetzt solltest du aber erst einmal ruhen, schlafen und so. Mach dir bitte keine Sorgen. Unser neues stärkeres Team bewacht das Krankenhaus. Nicht einmal Ärzte werden sich dir

ohne unsere Überwachung nähern können. Im Endef-
fekt wissen wir nicht, wem wir komplett trauen können."

„Danke," sage ich einfach nur.

Mit der Erleichterung kommt parallel auch eine unglaubliche Müdigkeit auf mich zu. Plötzlich ist es so,
als stimmt mein Körper Sophie bedingungslos zu.
Nicht einmal die nervigen Piep-Geräusche im Hintergrund können mich jetzt noch vom Schlafen abhalten.
Friedlich und erleichtert schlafe ich wieder ein.

Nach einer guten Mütze Schlaf, werde ich schließlich doch durch das Piepen der Anlagen wieder wach.
So ist das nun einmal auf der Intensivstation.

Langsam öffne ich meine Augen. Endlich bin ich
auch in der Lage, meine Umgebung besser wahrzu-
nehmen. Ich bin untypischerweise der einzige Patient
hier drinnen. Alles Piepen kommt nur von Maschinen,
die sich um meine Vitalwerte kümmern. Über einen
Venenzugang erhalte ich verschiedene Lösungen wie
Medikamente als Infusion. Rechts und links an meinem Bett gehen Gitter hoch. Sie sollen verhindern,
dass ich herausfalle. Gefesselt bin ich nicht. Rechts
am Gitter ist eine Fernbedienung angebracht. Ich
scheine in einem Elektrobett zu liegen.

Links neben mir sitzt eine Krankenschwester am
Computer. Rechts neben der Tür sitzt jemand anderes,
vermutlich ein Aufpasser. Wir sind die einzigen drei
hier im Raum.

Der Raum hat keinerlei außergewöhnliche Gegenstände, einfach weiße Wände, eine weiße Decke und einen gräulichen glatten Boden. Auf der linken Seite scheint die Sonne durch ein großes Fenster hinein. Hinter dem Fenster scheint sich eine Art Park zu befinden.

Ich spüre eine unglaubliche Trockenheit in meinem Hals. Es ist, als hätte ich ewig nichts mehr getrunken. Das Wasser der Infusionen reicht nicht aus, um meine Speiseröhre mit Flüssigkeit zu versorgen.

„Durst, Wasser," zwinge ich mit einem starken Kratzen in meinem Hals, in rauchiger Stimme in den Raum.

Die Schwester kommt zu mir und sagt, „Herr Pfeiffer, willkommen zurück, wie fühlen Sie sich?"

„Durst," wiederhole ich.

Ich kann einfach noch nicht mehr sagen. Zu groß ist der mit dem Sprechen verbundene Schmerz.

„Einen Moment, ich gehe den Arzt fragen, ob Sie bereits etwas trinken dürfen," antwortet sie und verschwindet in schnellem Schritt aus dem Raum.

Ein wenig später kommt sie mit einer Schnabeltasse, gefüllt mit Wasser, wieder zurück. Langsam genieße ich, Schlückchen für Schlückchen, wie das Wasser meinen Hals zurückerobert. Ich habe Wasser noch nie so wohltuend erlebt. Noch nie habe ich es so genossen. Milliliter für Milliliter beschenkt dieses kostbare Gut meinen Hals mit neuem Leben. Für viel zu selbstverständlich habe ich es in der Vergangenheit angesehen.

Für die nächste Zeit liege ich einfach nur da, erhole mich. Am Nachmittag kommen auch Francois und Sophie vorbei. Zusammen wagen wir meine ersten Schritte, nachdem ich Druck gemacht habe. Zu Beginn bin ich noch wackelig auf den Beinen. Teilweise wird mir schwarz vor Augen, aber je mehr ich fleißig übe, desto besser wird es. Das wichtigste für mich ist, die Situation zu erkennen, zu verstehen und nicht aufzugeben. Es gibt zahlreiche Augenblicke, in denen eine Aufgabe sicherlich der einfachste Weg gewesen wäre, aber das bin nicht ich. Ich kämpfe für ein besseres Morgen.

Dank meiner Einstellung bin ich vergleichsweise schnell wieder auf meinen Beinen. Wie einfach wäre es, sich fallen zu lassen, wenn der Kreislauf dich in die Knie zwingt. Wie gut fühlst du dich aber, wenn du kämpfst und es schaffst, dich auf den Beinen zu halten? Erfolg ist ein unglaublicher Motivator. Aus diesem Grund habe ich schon immer auch die kleinen Erfolge gefeiert. Das weiß ich jetzt wieder, jetzt wo ich mich erinnere, jetzt, wo ich mich selbst gefunden habe.

Die nächsten Tage und Wochen geben mir alle noch zur Erholung. Jeden Tag mache ich kleine Fortschritte, feiere auch meine kleinen Erfolge. Sogar die Nutzung des Chips habe ich mehr und mehr unter Kontrolle. Ich kann jetzt steuern, Stoßmeldungen an andere zu senden oder auch offen für solche Meldungen zu sein.

Nach etwa zwei Wochen, einen Tag vor meiner Entlassung kommt das neue Team dann um mich zusammen.

Neben Sophie und Francois sind auch noch weitere Agenten dabei.

Sophie stellt sie vor, „hallo Michael, Francois und mich kennst du ja bereits. Dies sind unsere weiteren neuen Team-Mitglieder."

Sie zeigt von rechts nach links in die Runde und stellt vor, „dies sind Vera, Murat, Victor und Abla. Alle vier sind auch verdeckte Ermittler von Europol, aber sie waren auf andere Ziele angesetzt. Niemand rechnet mit einem von uns sechs, da wir entweder als tot anerkannt wurden oder ganz einfach unbekannt sind. Lediglich dich könnten sie auf ihrer Liste haben. Vielleicht werden wir dich als Köder nutzen. In jedem Fall haben wir jetzt aber wieder die Chance, aus der Dunkelheit zu agieren, lange unentdeckt zu bleiben. Wir sind alle optimal für den Einsatz ausgebildet. Was für eine Ausbildung hast du genossen?"

„Auch ich wurde als Geheimagent ausgebildet," erkläre ich, „dies umfasst die Nutzung modernster Technik mit dem Ziel, abzutauchen oder zu entkommen. Es umfasst ein strenges Sportprogramm, nicht wie die Navy Seals, aber es war doch schon heftig. Ich war damals ebenfalls einer der besten Schützen, auf kurzer, wie auch auf langer Distanz. Ich bin darauf trainiert, abzutauchen. Auch eine Grundausbildung in der Arbeit mit Sprengstoff habe ich erfolgreich abgeschlossen. Zudem bin ich gut darin, verschlossene Türen zu öffnen, Autos kurzzuschließen und ähnliches."

„Willkommen im Team," begrüßt mich Francois, „ich denke, es ist klar zu sagen, du passt gut ins Team."

Vera trägt mittellanges dunkelblondes Haar. Ihre Augen scheinen grün im Licht der Sonne, welches sie direkt anstrahlt. Sie sieht recht mager im Gesicht aus, aber der Rest des Körpers macht immerhin einen gut durchtrainierten Eindruck. Sie hat ein sympathisches lächeln und auffällig weiße Zähne.

Murat scheint südländischer Abstammung zu sein, dem Namen zu urteilen, kommen die Vorfahren wahrscheinlich aus dem Gebiet der Türkei. Er hat schwarze kurze und sehr lockige Haare. Seine dunkelbraunen Augen wirken stark und selbstsicher. Wenn man Stärke mit den Augen ausdrücken kann, dann ist er ganz vorne mit dabei. Er trägt einen Dreitagebart und hat ein durchaus sympathisches lächeln. Ich denke, ihm kann ich gut vertrauen. Außerdem wirkt er sehr gut durchtrainiert.

Victors Vorfahren scheinen osteuropäischen Ursprungs zu sein. Vielleicht hat er ja sogar Verbindungen in die Szene, gegen die wir vorgehen, oder ist er ein Spitzel der Partei? Ich kann ihn schwer einschätzen. Seine hellblauen Augen strahlen auf der einen Seite etwas Unschuldiges und Vertrauenswürdiges aus. Auf der anderen Seite haben sie aber auch etwas mystisches und deuten auf eine hohe Risikobereit-schaft. Er ist der neue Charakter, der mich momentan am ehesten zweifeln lässt. Vielleicht liege ich aber auch falsch und das Team ist einfach gut zusammen-gestellt. Victor sieht eher mager aus. Wenn er regel-mäßig trainiert, dann kann er seinen Erfolg gut verste-cken. Er wirkt eher schmächtig und ist aber der Größte im Team.

Abla rechts daneben ist wunderschön. Sie ist jetzt die Schöne im Team. Sie hat eine wundervolle Aus-strahlung. Ihr langes schwarzes Haar glänzt im Son-nenlicht, welches von hinten auf sie strahlt. Sie ist dunkelhäutig und strahlt in ihrer Haltung wahre Klasse aus. Sie scheint topp in Form zu sein. Ihre Beine und ihre Arme sind es auf jeden Fall. Sie hat atemberaubende große braune Augen, ein wahrer Hingucker.

„Ja, herzlich willkommen," grüßt mich auch Mu-rat, „jetzt erkläre uns aber bitte, was weißt du über un-sere Zielgruppe? Wie haben sie dich gefangen?"

„Ok," erkläre ich, „als ich verdeckter Ermittler der BfV war, war es meine zentrale Aufgabe, den Staat und seine Verfassung vor internen Angreifern zu schützen. Alles und jeder der unserer Gesellschaft und unserem Rechtsstaat gefährlich werden könnte stand im Visier. Mein Partner und ich, wir waren in eine Gruppierung der GegenKa abgetaucht. Hierzu muss-ten wir Sachen machen, auf die ich nicht stolz bin. Wir hatten aber ein größeres Ziel, als nur die Zelle auffliegen zu lassen. Wir wollten tiefer rein und unsere Bombe tiefer verwurzelt installieren. Tag für Tag haben wir daran gearbeitet, Vertrauen aufzubauen, uns innerhalb der Organisation hochzuarbeiten. Einfach war es nicht. Der Grad der Anarchie und der Respektlosigkeit in diesen Gruppen ist unmenschlich hoch. Auf der einen Seite mussten wir das Gesetz brechen, ehrliche Unternehmer ruinieren, Eigentum zerstören und auf der anderen Seite aber auch die internen Regeln der GegenKa befolgen."

Ich trinke einen Schluck Wasser und fahre fort, „irgendwann schienen wir dann einen Durchbruch erreicht zu haben. Wir wurden in die vermeintliche Zentrale in Senftenberg eingeladen. Dort sollen sich einmal im Monat die Führungskräfte der GegenKa treffen. Die Zentrale der Organisation soll sich dort befinden. Uns wurde mitgeteilt, vor einem Hotel in der Ecke Briesker Straße und Nordstraße zu warten, bis wir abgeholt werden. So weit haben wir es aber nicht geschafft."

Noch einmal hole ich tief Luft, bevor ich weitererzähle, „wir waren zusammen auf dem Weg zum Treffpunkt, als uns auf einmal ein anderes Fahrzeug von der Fahrerseite ins Auto gefahren ist. Das Nächste, an das ich mich erinnere, ist das Erwachen in Frankfurt (Oder), aber die Geschichte kennt ihr ja sicherlich bereits."

„Ja, den Rest wissen wir schon," bestätigt Abla und lächelt mich an.

Vera hakt nach, „was ist aus deinem Kollegen geworden? Ist er tot oder war er vielleicht ein Maulwurf?"

„Ich weiß es nicht," antworte ich, „vielleicht war er es, der im Nebenraum operiert wurde, als ich geflohen bin, aber das weiß ich halt nicht. Ich wusste nicht wer ich bin, war voller Angst. Ich vermute, lediglich das Adrenalin hat mich am Leben gehalten, mir die Kraft gegeben zu fliehen. Einfach war es nicht."

Sophie legt ihre Hand auf meine und versucht, mich zu beruhigen, „ja, wir verstehen das. Aber sei gefasst, dass sie ihn instrumentalisiert haben könnten. Sie nutzen unter anderem auch die Methoden der Folter und Gehirnwäsche, um Menschen zu verändern, sie zu verbiegen, zu brechen. Wie dem auch sei, vergiss nicht, du kannst immer auf uns zählen."

„Danke," akzeptiere ich die Unterstützung, „also, habt ihr schon weitere Pläne?"

„Bislang haben wir uns nur verdeckt vorbereitet und etwas umgehört. Wir sind unauffällig geblieben, ohne große Pläne, aber nach dem was du erzählt hast," äußert sich Francois, „denke ich zumindest, wir sollten mal verdeckt in Senftenberg ermitteln. Was meint ihr?"

„Ja, das ist zumindest mal ein neuer Ansatz, der uns weiterbringen könnte," kommentiert Abla.

„Das denke ich auch," bestätigt Murat, „aber ich wäre in der Region wohl zu auffällig, genau wie Abla. Wir werden im Hintergrund bleiben müssen."

„Was meinst du?" Frage ich nach.

„Na, unsere Hautfarbe. In Orten wie Senftenberg gibt es nicht viele Personen mit einer dunklen Hautfarbe," antwortet er, „nicht alle Kartoffeln mögen Kaffee oder Kakao."

Murat sagt dies nicht in einer bösen, sondern eher in einer humorvollen, sympathischen Art und Weise. Er gibt sich als ein cooler Typ.

„Also gut," antworte ich, „morgen komme ich raus, dann können wir gleich loslegen."

„Du erhol dich erst noch mal," gibt mir Francois zu verstehen, „wir werden das weitere Vorgehen heute Abend diskutieren und dich dann die nächsten Tage aufklären."

„Genau," stimmt ihm Sophie zu, „wir brauchen dich in voller Stärke."

„Ok, ok, ich verstehe ja schon," antworte ich.

„Gut," sagt Sophie und steht auf, „wir werden uns dann mal verabschieden."

Wie auf Befehl stehen auch alle anderen auf. Jeder gibt mir zum Abschied die Hand, nur Abla gibt mir auch eine Umarmung. Sie scheint herzlich zu sein.

Den letzten Tag im Krankenhaus überlebe ich auch noch. Am nächsten Tag bestätigt mir der Arzt, dass ich nach Hause kann. So bringt mich die diensthabende Wache ins neue Quartier.

Auf der Spur

An einer Haustür in der Motzstraße in Schöneberg angekommen, klingelt meine Begleitung bei Bruns. Nach wenigen Sekunden ertönt das „ja" einer weiblichen Stimme über die Sprechanlage.

„Marc hier," sagt meine Begleitung.

Mit einem lauten Summen öffnet Marc die Tür. Zusammen gehen wir in den zweiten Stock und betreten dort das neue Quartier.

Noch an der Tür verabschiedet sich Marc schon wieder. Sophie übernimmt eine kurze Führung durch die Räumlichkeiten.

Diese Wohnung ist größer als die vorherige. Sie hat mehr Räume und mehr Quadratmeter. Über drei Schlafzimmer, zwei Arbeitszimmer, eine Küche und ein Badezimmer verfügt das neue Quartier. Meine Sachen aus dem Hotel haben sie bereits abgeholt und zu Abla in ein Zimmer gelegt.

Francois, Victor und Murat, sowie Sophie und Vera teilen sich je ein Schlafzimmer. Ich teile mir ein kleines mit Abla. Aus Kostengründen müssen wir uns ein kleineres Doppelbett teilen. Um ehrlich zu sein, hätte es mich auch schlimmer treffen können.

Wir treffen uns alle im größeren der beiden Arbeitszimmer.

Murat fängt an zu erklären, „auch von mir noch einmal ein Willkommen an Michael. Ich weiß ja, dass du es kaum erwarten kannst, wieder loszulegen. Also, wir haben gestern Abend diskutiert und einige Informanten ausgehört. Genaues wissen wir leider noch nicht, aber dennoch haben wir uns entschieden, morgen einen Ausflug nach Senftenberg zu machen. Abla und ich werden dabei im Übertragungswagen bleiben. Victor, Francois und Vera werden eine Gruppe sein, die die Gegend erkundet. Sophie und du, Michael, ihr werdet euch als Paar ausgeben und versuchen, mit Leuten in Kontakt zu treten."

„Aber ist das nicht in wenig riskant?" kommentiere ich, „ich meine, wenn das eine Hochburg der Partei und der GegenKa ist, dann werden die mein Gesicht wohl kennen, denke ich. Versteht mich nicht falsch, aber ich will weder Sophie noch jemand anderen in Gefahr bringen."

„Guter Punkt," stimmt Francois zu, „aber auch daran haben wir gedacht. Du erinnerst dich sicherlich an einen der Agentenfilme, in denen die Agenten Silikonmasken getragen haben, um anders auszusehen."

Ich stimme zu, „ja."

„Und jetzt Überraschung," fährt er fort, „etwas Ähnliches werden wir auch bei Sophie, bei mir und bei dir anwenden. Ich bin Experte in der Anwendung der Technik und wir haben für jeden von uns genügend Rohstoffe, um uns alle zu verkleiden."

„Cool," sage ich, „da bin ich ja mal gespannt, wie ich aussehen werde."

„Gut," mischt sich Sophie ein, „morgen früh um 8 fahren wir los. Einige haben noch was vorzubereiten, alle anderen sind frei zu tun was sie wollen. Entspannt euch, genießt die Ruhe vor dem Sturm und verhaltet euch unauffällig. Vermeidet Plätzen mit Kameras und so weiter."

„Ok," bestätige ich, „ich gehe ein wenig raus, spazieren, wer kommt mit?"

Murat und Vera sagen zu. Zusammen gehen wir mit einer Decke und ein wenig Obst zum naheliegenden Viktoria-Luise-Platz. Dort entspannen wir ein wenig im Sonnenschein, tanken Kraft und neue Energie.

Wir verstehen uns schon gut. Murat ist ein sehr sympathischer und ehrgeiziger junger Mann. Er hat Feuer im Hintern und treibt uns mit großartigen Ideen an. Er stellt sich auch nicht in den Weg, wenn man manchmal die Regeln ein wenig dehnt, um das größere Ziel zu erreichen.

Vera hingegen achtet sehr auf Regeln. Für sie ist es sehr wichtig, regelkonform zu arbeiten. Sie denkt sehr strukturiert, so sehr, dass ich befürchte, dass sie auch schon mal in ihrer Struktur verloren gehen kann.

Am Abend kommen wir nochmal alle zusammen und gehen in ein Restaurant in der Nähe etwas essen.

Wir wachsen immer mehr als Team zusammen, werden sogar Freunde und freuen uns bereits auf die nächste, unsere erste Mission als Team.

Nach dem Essen gehe ich in das Schlafzimmer von Abla und mir. Abla ist gerade im Badezimmer, sich umziehen, als ich meine Sachen genauer betrachte. Dort ist ein kleines Paket, welches vorher nicht da war, also nicht in meinem Hotelzimmer oder Koffer. Ich nehme das Paket und renne aus dem Zimmer.

„Jungs, Mädels, Team," rufe ich durch die Wohnung, „wer weiß was das ist? Woher kommt das, das Paket hier?"

Murat, Victor und Francois kommen am schnellsten aus dem Zimmer. Sie haben gerade noch ein Bier geöffnet.

„Das war im Hotelzimmer," kommentiert Victor trocken.

„Ja, der Portier hatte es aufs Zimmer gebracht," ergänzt Sophie, „das sei per Post für dich angekommen."

„Ok," antworte ich, „ich hatte aber nichts bestellt, was wenn hierin ein Ortungsgerät ist und wir schon wieder aufgeflogen sind?"

„Mach dir keine Sorgen," beruhigt mich Murat, „wir haben alles, was hier ist gründlich untersucht. Es gibt keine Bomben, keine Ortungsgerte oder Abhörgeräte. Alles ist sauber, auch das Päckchen."

„Oh, ok, danke, aber was mag hier drin sein? Vielleicht ja eine biologische Waffe von der Partei, ich traue denen alles zu," stelle ich in den Raum.

„Einen Moment bitte," wirft Murat ein und verschwindet in das kleine Arbeitszimmer. Mit zwei Atemschutzmasken kommt er wieder zurück.

„Lass uns das draußen öffnen," fordert er mich auf, „wenn das eine Bedrohung sein sollte, sollten wir die Räumlichkeiten hier sichern."

Zu zweit gehen wir jetzt wieder raus, auf den inzwischen menschenleeren Viktoria-Luise-Platz. Wir setzen die Atemschutzmasken auf und ziehen Handschuhe an. Murat hat ebenfalls ein Gerät zur Messung toxischer Stoffe mitgebracht. Dies soll auf dem neuesten Stand der Technik sein.

Vorsichtig öffne ich das Paket. In dem Paket ist eine Holz-Box. Die Holz-Box ist gefüllt mit Sägespänen und einer Matroschka. In der Matroschka ist eine weitere Matroschka und in ihr noch eine und in ihr noch eine. Hierauf folgt noch eine und noch eine. Anstelle der siebten und kleinsten Figur gibt es einen Zettel. Ich nehme ihn heraus und entfalte ihn.

Ich lese laut vor, „lieber Herr Pfeiffer, es tut mir furchtbar leid, was Ihnen alles zugemutet wird, der Chip im Kopf, der Tod all Ihrer Kollegen und die komplette Unsicherheit und Verfolgung. Ich bin in diese Kreise geraten und will hier wieder raus. Vielleicht können Sie mir ja helfen. Auf jeden Fall müssen

Sie erst einmal verschwinden. Die Parteispitze hat angeordnet, Sie einweisen zu lassen. Aus der Psychiatrie sollen Sie nie wieder rauskommen. Ich hoffe nur, Sie erhalten die Nachricht nicht zu spät. Wenn Sie mir helfen wollen, schreiben Sie bitte mit einer sauberen E-Mail-Adresse an post@coachiendo.com. Ich prüfe die E-Mails einmal in der Woche, wenn ich unbeobachtet von meinen Chefs und Spitzeln zu Hause bin. Fragen Sie in der Nachricht bitte nach dem goldenen Einhorn und nennen Sie mir den Geburtsort Ihrer Tochter. So werde ich Sie erkennen. Bitte helfen Sie mir, ein Überläufer."

Ich mache eine kurze Pause und sage, „was meinst du dazu?"

„Es könnte ein Anhaltspunkt sein," gesteht Murat, „aber wir sollten die Nachricht erst einmal prüfen lassen, wem die Domain gehört und so weiter."

„Ok, sehe ich ein," stimme ich zu, „veranlasst du alles Weitere?"

„Klar doch," bestätigt er, „jetzt lass uns aber zurückgehen, wir müssen morgen früh raus."

„Ok, super und danke für deine Hilfe," bedanke ich mich und gebe Murat den Zettel. Ich behalte die Matroschkas. Der Karton mit den Spänen landet im Müll.

Gemeinsam gehen wir zurück in die Wohnung. Alle anderen sind bereits im Bett. Auch ich gehe ins Bad, mache mich schnell bettfertig und lege mich neben Abla.

„Ist alles in Ordnung?" Fragt Abla im Halbschlaf.

„Ja, alles gut," antworte ich, „wir erklären euch alles morgen."

„Gut," antwortet sie, dreht sich zu mir um und legt eine Hand auf meine Brust.

Ich denke mir nichts dabei, ist bestimmt nur eine Aktion im Schlaf. So drehe auch ich mich auf die Seite. Abla kommt näher und umarmt mich von hinten. So schlafen wir ein.

Am nächsten Morgen frühstücken wir schnell etwas, bevor wir uns in unsere Kostüme schwingen und uns auf den Weg nach Senftenberg machen. Auch wenn wir gut durchkommen, dauert die Fahrt noch fast zwei Stunden.

Senftenberg ist ein kleines, ruhiges Örtchen in Vergleich zu Berlin. Es liegt direkt an einem großen See.

Das Team lässt Sophie und mich direkt am Stadthafen Senftenberg aussteigen. Über kleine Kameras, Knöpfe im Ohr und Mikrophonen bleiben wir in Kontakt.

Sophie und ich schlendern zunächst nur durch die Straßen. Wir versuchen, einen Ort auszumachen, an dem wir Informationen erhalten können. Für eine Kneipe ist es sicherlich zu früh.

Viele Personen laufen hier nicht auf den Straßen herum. Gelegentlich machen sich mal Studierende auf den Weg zur Uni oder ältere Personen spazieren durch die Gegend. Diese wirken besonders neugierig und analysieren genau, was hier vorgeht. Hin und wieder tauschen sie sich auch mit anderen aus.

„Siehst du das?" Frage ich nach, „die älteren Personen scheinen bestens über alles hier Bescheid zu wissen. Sie spionieren und tauschen sich auch miteinander aus. Vielleicht haben die ja eine Idee."

„Meinst du?" Stellt Sophie die Gegenfrage, „du bleib mal kurz hier, ich horche mal."

Ich setze mich auf eine naheliegende Bank und beobachte, wie sich Sophie einer kleinen Gruppe älterer Personen nähert. Über den Empfänger in meinem Ohr höre ich jetzt alle ihre Worte.

„Hallo," begrüßt sie die Gruppe, „vermisst ihr nicht auch die guten alten Zeiten der DDR?"

„Sie sind doch noch so jung," erwidert ein älterer Mann, „Sie haben doch gar keine Ahnung. Damals war hier zwar mehr Leben, aber dennoch ging es uns schlechter."

„So schlimm ist es doch nun auch nicht gewesen," mischt sich ein anderer Herr ein."

Eine Dame unterstützt ihn, „ja, Bernd, eigentlich ging es uns doch gut. Wir hatten alle Arbeit und die Wirtschaft war hier auch stärker, in der DDR."

„Richtig," setzt der andere Herr wieder ein, „mit der Wende sind erst mal viele junge Leute in den Westen, so auch mein Sohn Tim und von dem hört man jetzt auch nichts mehr. Damals war die Familie näher."

Sophie erklärt, „genau, an die Zeiten erinnere ich mich auch noch. Hoffentlich werden es die Sozialisten bald endlich wieder in die Bundesregierung schaffen."

„Die sind doch auch nicht mehr wie früher," kommentiert Bernd, „wollen Macht um jeden Preis."

Die Frau reagiert, „was weißt du denn schon? Wenigstens kümmern die sich noch um Senftenberg."

„Echt?" fragt Sophie nach Details, „wie kümmern die sich denn um die Stadt?"

„Nunja," antwortet die Frau, „die sind hier ja mit in der Regierung die setzen sich für uns ein. Außerdem sind da einmal alle paar Monate auch größere Parteitreffen hier."

Der Mann ergänzt, „ja stimmt, die übernachten immer in der Stadt, viele auch am Marktplatz. Die Stadt ist dann immer voll, bis sie rüber nach Reppist fahren."

„Was ist Reppist?" Fragt Sophie.

„Oh, sie kommen wohl nicht von hier," bemerkt die ältere Frau und schmunzelt, „was macht so jemand so junges und hübsches wie Sie denn hier in Senftenberg?"

„Urlaub mache ich," sagt Sophie, „Urlaub vom Alltag, mit meinem Mann Holger drüben."

„Oh, woher kommen Sie?" Fragt Bernd nach.

„Aus Dresden kommen wir," antwortet Sophie, „eine schöne Stadt haben Sie hier. Wir sind zum ersten Mal hier, wollen später an den See."

„Dann genießen Sie die Stadt noch mal schön," antwortet die Frau.

Sophie sagt, „danke, Ihnen auch noch einen großartigen Tag." Sie kommt zurück zu mir.

Noch während sie läuft, ertönt die Stimme von Abla in meinem Ohr, „Ich habe mal im Internet nach Reppist gesucht. Reppist war mal eine Gemeinde im Stadtgebiet von Senftenberg. Wegen Bergbaus wurde die Gemeinde vor einiger Zeit geräumt. Heute stehen da nur noch wenige Gebäude, die meisten wurden abgerissen."

„Gibt es da irgendwelche besonders großen Häuser?" Frage ich nach, „immerhin soll die Stadt ja voller Leute sein, wenn diese Treffen sind. Irgendwo müssen die ja unterkommen."

„Das werden wir prüfen," sagt Abla, „ich schlage vor, wir schauen da dann gemeinsam nach Beweisen. Wie es aussieht, gibt es hier wohl keine neue Zentrale. Dennoch könnt ihr euch ja mal ein wenig umhören."

„Werden wir machen," bestätigt Sophie, bereits neben mir stehend.

Hand in Hand schlendern wir weiter durch die Straßen. Nach etwa einer viertel Stunde kommen wir am

Marktplatz an. Hier befindet sich auch das Rathaus, in dem sicherlich auch höhere Mitglieder der sozialistischen Partei arbeiten. Dennoch fühlen wir uns durch unsere Silikonmasken gut unkenntlich gemacht und besuchen ein Restaurant.

Dort setzen wir uns hin und bestellen etwas zu Mittag Über dem Platz laufen vereinzelt Leute. Einen Markt gibt es heute nicht. Das Restaurant ist auch eher leer. Außer der Bedienung und uns, gibt es hier niemanden.

Die Bedienung ist eine junge Frau, vielleicht Anfang der zwanziger. Ihr Haar ist natürlich und relativ hell blond. Ihre Augen sind grün und ihre Lippen leicht mit einem rosafarbenen Lippenstift bedeckt. Ihre Kleidung betont ihre Figur kaum. Auf einem Namensschild steht Maria. Sie hat ein freundliches Lächeln.

„Entschuldigen Sie," spricht Sophie die Bedienung an, „leben Sie hier?"

„Geboren und aufgewachsen bin ich hier," antwortet Maria, „inzwischen studiere ich hier sogar."

„Schön, solch eine Verbundenheit zur Heimat zu sehen," kommentiert Sophie, „ist heute leider nicht mehr selbstverständlich."

„Ja so ist das wohl," stimmt Maria zu, „ich wollte auch weg, das muss ich zugeben, aber meiner Großmutter geht es nicht so gut und ich muss sie pflegen."

„Oh, das tut mir leid," zeigt Sophie ihre Anteilnahme, „werden Sie dabei denn unterstützt?"

„Nicht wirklich," erklärt Maria, „meine Eltern sind bei einem Autounfall gestorben. Die Geschwister meiner Eltern sind weggezogen und kümmern sich einen Dreck. Geschwister habe ich nicht."

„Unterstützt Sie auch keine Krankenkasse oder der Staat?" Will es Sophie genauer wissen.

„Klar, wir bekommen Pflegegeld und meine Oma kriegt Rente, aber das reicht doch vorne und hinten nicht," erzählt Sophie.

„Ich verstehe," stimmt Sophie zu, „ich habe gehört, die sozialistische Partei hätte hier eine neue Zentrale eingerichtet. Wenn die es endlich in die Bundesregierung schaffen, wird es Ihnen sicherlich besser gehen."

Maria lacht und sagt, „so denken es viele Leute. Ja, aber die meisten beschäftigen sich nur mit der halben Wahrheit. Wie die ihre ach so tollen Vorschläge finanzieren wollen, steht in den Sternen und auch die Freiheit jedes Einzelnen wollen sie Einschränken, betrachten die Bevölkerung eher als eine monotone Masse und werden sich selbst wahrscheinlich besserstellen. Das wiederholt sich doch auch nur."

„Sie haben sich scheinbar mit dem System beschäftigt," werfe ich ein.

„Ja, ich studiere Politik," antwortet Maria mit einem Lächeln auf den Lippen, „ich werde demnächst die Liberalen vorantreiben."

„Ok," übernimmt Sophie das Gespräch wieder, „aber wissen Sie, wo die Zentrale von denen ist?"

„Die haben zwei Büros, hier um die Ecke und in Kleinkoschen," antwortet Maria, „wieso sind sie da so hinter?"

„Nunja," antwortet Sophie, „wir haben gehört, die hätten hier regelmäßige treffen und wären vor wenigen Monaten hierher umgezogen, von Frankfurt. Da ist man schon mal neugierig."

„Treffen der Verrückten gibt es, ja, wohl drüben in Reppist. Ich nenne die Treffen immer, die Treffen der Anonymen Verstaatlicher. Zum Wohle des Volkes wollen Sie die Macht des Volkes und des Individualismus nur stehlen, lachhaft. Es gab hier aber keine größeren Umzüge oder so in Senftenberg, das wüsste ich, hier bekomme ich ja viel mit," erzählt Maria ganz frei, „aber bitte informieren Sie sich genau, bevor sie die wählen. Deren Einfluss ist bereits viel zu groß."

„Wir haben nur einige interessante Artikel über die gelesen," sagt Sophie, „gewählt haben wir die aber noch nie. Wir sind halt neugierig."

„Dann ist ja gut," kommentiert Maria, „ich gehe dann mal zurück zur Arbeit."

Maria verschwindet. Sophie und ich genießen noch unser Mittagessen, bevor wir uns auf den Weg machen, zumindest eine der zentralen der Partei zu besuchen.

Wie Maria andeutete, gibt es in unmittelbarer Umgebung ein Gebäude mit dem Schild der Partei vor der Haustür. Wir betreten die Räumlichkeiten. Sie sind viel zu klein, um eine neue Zentrale ähnlichen Ausmaßen wie in Frankfurt (Oder) darzustellen.

In der Zentrale konnten sie uns auch nicht viel Auskunft geben. Sie halten sich sehr bedeckt hier. So verlassen wir die Büros relativ schnell wieder.

Murat und Abla holen uns ein paar Straßen weiter wieder ab. Wir sammeln auch die anderen Team-Mitglieder wieder ein und machen uns auf den Weg nach Reppist.

Viel gibt es hier nicht, großenteils leere Felder. Manchmal sind noch die Überreste von Grundmauern ehemaliger Gebäude zu erkennen. Im Nordwesten gibt es riesige Felder voller Solaranlagen.

Gestartet in einem Kulturhaus scheint nichts auffällig zu sein.

Nach einiger Zeit erreichen wir ein scheinbar leerstehendes Gebäude mit runden Umrissen. Wir lassen den Transporter draußen stehen und machen uns, zur Sicherheit bewaffnet, auf den Weg in das Gebäude.

Vorsichtig öffnet Murat als erster die Tür. Victor, Francois, Abla und ich folgen ihm direkt. Sophie und Vera sichern draußen ab.

Mit Waffe in der Hand und in angespannter Haltung gehen wir langsam Schritt für Schritt durch die

Dunklen Räumlichkeiten. Auf dem ersten Blick deutet nichts darauf hin, dass sich hier jemand in den letzten Jahren getroffen hat. Die Fenster sind voller Dreck, so stark, dass kaum noch Sonnenlicht hineinstrahlt. Auch am Boden liegen einige Gegenstände: Äste, Verpackungen und Laubblätter, aber auch Plastikabfälle.

Vorsichtig kämpfen wir uns möglichst leise durch die Dunkelheit. Hin und wieder brechen Äste unter unseren Füßen, oder aber wir stoßen an etwas. Irgendwie sind die Äste hier auch reingekommen.

Wahrscheinlich wird uns hier nichts erwarten, dennoch sind wir angespannt. Schließlich befinden wir uns hier in einer unbekannten Umgebung.

Gespannt schleichen wir durch einzelne Räume, als wir in einem größeren Raum, vermutlich einem Veranstaltungsraum ankommen.

Der Boden hier ist schon sauberer. An der Decke hängen relativ moderne Strahler. An der Seite steht eine Art Stromgenerator. Ein Plastikschlauch an diesem Generator führt nach oben und durch ein Fenster hindurch.

Am Boden liegen einige Zettel. Es scheinen Flyer zu sein. Folgende Aufschrift wiederholt sich einige Male:

„Neue Zentrale zur Ausarbeitung von Maßnahmen für die Ausrottung der Klassenfeinde (ZAvMAK) am Sandhaus 38 in Berlin Buch.

Das neue Media-, Spionage-, Forschungs-, Gesundheits- und Steuerungszentrum unseres Dachverbandes, des FürSoz, wird jetzt auch in Berlin eingerichtet.

Neuaufnahmen in die Sockelverbände sind nach schlechten Erfahrungen zunächst gestoppt.

Alle GegenKa-Mitglieder, wir sind froh, euch an unserer Seite zu wissen. Eure Vertreter erwarten wir bereits in der ZAvMAK.

Einen erfolgreichen Kampf gegen den Kapitalismus wünschen wir uns allen."

In einem Seitenraum höre ich etwas, sich bewegen.

„Tz, Francois," flüstere ich und deute auf den Raum wo das Geräusch herkommt.

Francois scheint dies jetzt auch gehört zu haben. Vorsichtig schleichen wir in die Richtung des Raumes. Am Türrahmen stehen wir zu zweit, Francois links, ich rechts.

Vorsichtig spähe ich in den Raum, erkenne aber nichts. Francois gibt mir ein Zeichen, den Raum zu betreten.

Voller Anspannung und Konzentration begebe ich mich langsam als erster in den Raum. Dieser Raum ist komplett dunkel. Keine Fenster gibt es hier. In der rechten Ecke höre ich jemanden atmen. Francois zielt mit seiner Waffe in die Ecke.

„Hallo, wir wollen Sie nicht verletzen," kommentiere ich, „kommen Sie raus."

„Ich bin hier sonst nicht, ich schwöre," tönt eine schwache und ängstlich zitternde Stimme aus der Ecke, „bitte tun Sie mir nichts, ich bin kein Klassenfeind."

„Kommen Sie heraus," ruft Francois.

Von hinten eilen jetzt auch Victor, Murat und Abla heran.

Den Geräuschen nach zu urteilen, bewegt sich die Person. Auch wir gehen langsam rückwärts aus dem Raum heraus. Francois hat die Handfeuerwaffe immer noch nach vorne gerichtet.

Aus der Dunkelheit kommt uns ein älterer Mann mit langen grauen Haaren und Vollbart entgegen. Er scheint sich lange nicht gewaschen zu haben. Seine Kleidung ist alt, teilweise zerrissen und schmutzig. Mit ihm kommt ein nach Schweiß und Müll stinkender Geruch in unsere Nähe. Er sieht schwach aus, vermutlich ein Obdachloser. Abla wagt sich vor.

„Hallo," sagt sie, „ich heiße Anna. Wie heißen Sie?"

„Max," antwortet er, „ich heiße Maximilian. Du kannst mich Max nennen."

„Ok, Max," fährt Abla fort, „wir suchen nach spannenden Geschichten für ein Buch über Senftenberg. Was können Sie uns über das Gebäude erzählen?"

„Wenn ihr Buchschreiber seid," hakt Max nach, „warum tragt ihr Waffen bei euch?"

„Waffen?" Versucht sich Abla herauszureden, „ach die Waffen, ein älterer Herr in Senftenberg hatte uns empfohlen, hier zu schauen, aber es sei gefährlich. So hat uns Luis diese Sicherheitsmaßnahme besorgt."

„Ok, und ihr wollt nur reden?" Fragt Max.

„Ja, nur reden. Als Dankeschön geben wir Ihnen gerne was zu essen und trinken," bestätigt ihn Abla.

„Ok," fängt Max an zu erzählen, „früher war das Gebäude mal eine Fabrik in Reppist, ein Werkzeug unserer sozialistischen Regierung. Gute und wichtige Arbeiten wurden hier verrichtet. Bis der Kapitalismus ankam und Reppist fast den Erdboden gleichgemacht hat. Nur wenige Gebäude stehen noch. Seit einigen Jahren kommen hier regelmäßig sozialistische Gruppierungen zusammen, um an die Geschichte zu erinnern, wie der Kapitalismus das florierende Reppist dem Erdboden gleichgemacht hat und um für unsere Ziele zu motivieren. Der Mensch an sich sollte kein Unternehmen steuern, sondern der Staat. Nur so kann das Beste für alle ausgearbeitet werden. Wenn jeder einen Arbeitsplatz zugeordnet bekommt, wäre ich auch nicht mehr arbeitslos und alle hätten die gleichen Chancen und die gleiche Bezahlung."

„Ich verstehe," kommentiere ich, „das ist eine gute Geschichte für unser Buch. Und wieso waren Sie so verschreckt?"

„Naja, unsere Kämpfer für die Gemeinschaft wollen nicht, dass ich hier bin. Die sind extrem vorsichtig und das müssen die auch sein. Die lassen hier nicht jeden rein," erklärt Max, „aber wo soll ich sonst hin? Ich meine, ich bin hier geboren. Reppist ist meine Heimat. Sonst kenne ich nichts, sonst gibt es hier nichts."

Max schaut traurig auf den Boden. Abla und Victor nehmen ihn mit zum Transporter, um ihm ein wenig Essen und Trinken anzubieten.

Natürlich hat alles, jedes System auch immer seine Schattenseite und es ist herzzerreißend, seine Geschichte zu hören, aber für das Allgemeinwohl und die Freiheit jedes Individuums ist der Sozialismus nun mal nichts. Schließlich haben dann nur wenige Menschen an der Spitze das Sagen. Der Staat wird von Menschen gesteuert. Ok, wir sind hier nicht zum Diskutieren über die beste Lösung. Zudem wollen wir auch keinen Verdacht erregen oder dass er vielleicht doch ein Spitzel ist und uns verrät, wenn wir Verdacht erregen.

Nach der Sicherung einiger Beweismittel gehen wir, alle zurück zum Transporter. Max lassen wir in seiner Heimat zurück, mit einigen Lebensmittel- und Wasservorräten.

Wir fahren zurück nach Berlin, zurück ins Hauptquartier in die Motzstraße. Während der Fahrt diskutieren wir und sehen einstimmig ein, als nächstes dem Gelände Am Sandhaus 38 einen Besuch abzustatten.

Den Abend lassen wir aber erst einmal ruhig ausklingen. Abla und ich entschließen uns, in der Nähe noch eine Pizza essen zu gehen. Wir finden schnell ein gemütliches Familienrestaurant und genießen einen Abend zusammen.

Wir verstehen uns gut, sehr gut sogar, haben ähnliche Interessen und beide einen guten Musikgeschmack. Selbst auf der Pizza bevorzugen wir Ananas, Champignons und Hähnchenbrust, natürlich mit Tomatensauce und Käse.

Sie und ich, wir haben viel Spaß. Ich glaube fest daran, dass sich da eine gute Freundschaft entwickeln kann.

Die Nacht verbringen wir wieder zusammen in einem Bett. Abla umarmt mich erneut. Es scheint, als wäre sie nicht gerne allein.

Unverhoffte Unterstützung

Am nächsten Morgen entscheiden wir uns, uns zunächst einmal, uns eine für einen verdeckten Einsatz entsprechende Kleidung zuzulegen.

Zusammen als Gruppe voller Freunde schlendern wir durch die Straßen und erforschen die Geschäfte, die es gibt. Wonach wir suchen wissen wir von Informanten und auch meinen Erfahrungen in der GegenKa, die ja leider auch böse für meinen Kollegen geendet sind. Irgendwie habe ich erneut das Gefühl, dass ich wieder dunkle Zeiten über mein Team bringen könnte.

Unsere Suche nach Kleidung verläuft erfolgreich. Am Nachmittag gehen wir getrennte Wege. Francois wollte uns kugelsichere Kleidung zum darunter tragen besorgen. Ich mache mich hingegen auf den Weg zu einem besonderen Besuch.

Heute Nachmittag will ich dem Grab der Frau meines alten Kollegen einen Besuch abstatten und ihr alles erklären, mich bei ihr entschuldigen. Vielleicht gibt sie mir ja auch ein Zeichen, dass Sven jetzt bei ihr ist, sie beide jetzt für die Ewigkeit vereint sind.

In behutsamem Schritt betrete ich den Friedhof. Seit der Beerdigung vor einigen Jahren bin ich nicht mehr hier gewesen. Damals hatte es Sven schon schwer getroffen, als sie an Krebs gestorben ist. Jung war sie, aber Krebs kennt kein Alter.

Natürlich wusste Sven bereits lange, dass sie es nicht schaffen würde. Dennoch war er wochenlang am Boden zerstört. Immer wieder habe ich mich nach Feierabend mit ihm getroffen, ihn aufgebaut und versucht, zurück in die sonnige Seite des Lebens zu führen.

Lange hat es gedauert, bis er wieder zurück in den Alltag gefunden hat. Sehr hat er seine Frau geliebt und selbst nach ihrem Tod hat er keine andere Frau angeschaut. Sie war seine einzige und wahre große Liebe, hat er immer wieder wiederholt. Jetzt hat es ihn wahrscheinlich auch getroffen.

Mit melancholischen Gefühlen im Bauch und gesenktem Kopf gehe ich über den Friedhof. Erinnerungen kommen in mir hoch, Erinnerungen an Sven und seinen Kampf zurück ins Leben.

Langsam stapfe ich über den Weg aus kleinen Kieselsteinchen. Hinter mir wirbelt ein wenig Staub in die Höhe. Um den Friedhof herum stehen Bäume. Der Wind spielt Melodien in den grünen Blättern der hölzernen Giganten. Die Vögel singen Melodien der Fröhlichkeit, als wollten sie sagen, ‚Leute, seid froh, eure Freunde und Familie haben es geschafft. Sie sind jetzt an einem besseren Ort.‘

Einige andere Personen sind hier auch, an diesem Ort der Traurigkeit und zugleich auch Hoffnung. Die Personen hier sind komplett in schwarz gekleidet. Teilweise tragen sie auch ein schwarzes Hütchen. Der

Altersdurchschnitt ist recht hoch hier. Viele Leute, besuchen sicherlich ihren verstorbenen Partner.

An einigen Grabsteinen passiere ich, bis ich am Grab der Frau meines Partners ankomme. „Anna Meier" steht dort, und weiter, „liebende Ehefrau und Tochter, leider zu früh von uns gegangen" sowie Geburts- und Todestag.

Ich stehe vor ihrem Grab und eine tiefe Traurigkeit kommt in mir auf. Wer sagt denn, dass sie jetzt an einem besseren Ort ist? Vielleicht ist sie es ja wirklich oder ihre Lebensenergie, ihre Seele schwebt frei durch das Universum. Ich glaube nicht dran, aber was, wenn etwas dran ist? Was wenn sie mich hören kann? Ich brauche jemanden, der mir zuhört. Ich muss mit jemandem sprechen.

Vor dem Grab setze ich mich auf meine Verse und sage, „hallo Anna, ich habe lange nichts von dir gehört. Ich hoffe dir geht es gut, wo auch immer du bist."

Einige tränen kullern meine Wange hinunter. Mein Kopf senkt sich noch ein wenig weiter Richtung Boden.

Geschwächt rede ich weiter, „ich muss dir was erzählen. Sven und ich, wir waren unterwegs zu einem Meeting und wir wurden in einen Autounfall verwickelt. Seitdem habe ich ihn nicht gesehen. Es kann sein, dass er bei dir ist. Wenn er bei dir ist und ihr zwei glücklich zusammen seid, dann gib mir bitte ein Zeichen."

Und so sitze ich hier und warte. Ich warte auf ein erlösendes Zeichen, zu wissen, dass sie wieder vereint sind, dass Sven bei Anna ist, wo auch immer sie ist. Vielleicht passiert zumindest etwas, das ich als Zeichen interpretieren kann.

Für etwa zehn Minuten warte ich. Nichts passiert, kein Zeichen, als mich auf einmal jemand von hinten anstupst.

Erschrocken drehe ich mich um. Ich traue meinen Augen nicht. Da steht er, Sven. Die Haare sind nur wenige Millimeter Lang, aber ansonsten ist er es wirklich. An der rechten Kopfseite hat er eine Narbe, wie ich. Wurde er auch operiert? Weiß die Partei jetzt, wo ich bin? Ist er ein Spitzel?

„Sven," fange ich aufgeregt an, „du lebst? Wie geht es dir?"

Sven lächelt, „ja, hier bin ich. Ist schon lustig, ich wurde von unserem vermeintlichen Feind gerettet. Sie suchen auch noch nach dir. Wo wohnst du jetzt?"

Oh man, haben die sein Gehirn gewaschen? Haben sie ihm eingebläut, dass sie die Guten sind? Wie überzeuge ich ihm von der Wahrheit? Und achja, der Chip in seinem Kopf, was mache ich bloß?

„Mal hier, mal da," antworte ich, „ich will nicht zurück zu denen. Zu mir waren die nicht so gut. Aber sag mal, hast du auch diese Träume, die sich so real anfühlen?"

„Ja," antwortet er, „das ist verrückt, einmal habe ich von einer Explosion geträumt, die Explosion eines Gebäudes, in dem ich mal war, und viele erschossene Leute, hat aber sicher mit dem Umzug tun."

„Die Träume sind real," antworte ich, „überprüfe die Medien. Die verfolgen jeden Schritt, den du tust und alles was du hörst."

„Du erzählst doch Unsinn," widerspricht mir Sven, „das geht doch gar nicht."

„Wo kommst du denn unter? Vielleicht besuche ich dich da mal," hake ich nach.

„Zu Hause wohne ich jetzt wieder," erklärt er, „ganz normal, schon seit ein paar Wochen."

„Und wo triffst du die von der Partei?" Hake ich nach.

„An verschiedenen Orten. Wir tauschen immer Informationen aus," beschreibt Sven, „das ist manchmal auch unheimlich, wie gut die mich schon kennen. Manchmal wissen die genau, was ich erzählen will."

„Ok," versuche ich das Gespräch zu beenden, „ich muss dann auch mal wieder los. Ich komme dich die Tage mal besuchen."

„Du gehst schon?" Fragt er, „gleich kommt aber jemand, der dich sehen will."

Wer könnte das sein? Lisa? Nein Lisa und Samantha sind in Sicherheit. Es ist sicher jemand von denen. Ich muss hier weg.

„Ja, ich muss los," kürze ich das Gespräch ab und verschwinde in schnellem Schritt.

Ich vermeide es, in die Sicht von Kameras zu kommen. Zu hoch ist jetzt wieder das Risiko. Öffentliche Plätze sind erst einmal ein Tabu für mich.

Kreuz und quer gehe ich schnell durch die Stadt, um potenzielle Verfolger abzuwimmeln, zu verwirren. So schnell kommt das Gefühl des Verfolgten, die Unruhe der Flucht wieder. Ich sollte persönliche Orte komplett meiden. Ich darf nicht entdeckt werden.

Nach einiger Zeit fängt mich Murat ab, „hey Michael, ich habe alles gesehen. War das dein Partner?"

„Ja, das war Sven," antworte ich, „die scheinen ihn manipuliert zu haben, wahrscheinlich dasselbe, was mir passiert wäre, wäre ich nicht geflohen. Ich würde ihm so gerne helfen. Was meinst du, wie viele von denen gibt es?"

„Zu viele wahrscheinlich," antwortet Murat, „vielleicht auch inzwischen mit eingepflanzten GPS-Empfänger. Der könnte überall sein. Du kannst froh sein, dass du fliehen konntest."

„Ja," erzähle ich aufgeregt, „aber was meinst du? Können wir ihn nicht retten oder der Partei durch ihn eine Falle stellen?"

„Das ist zu riskant," antwortet Murat, „wir dürfen uns keine Fehler mehr erlauben."

Auf einmal kommt ein kleiner Junge auf mich zu und reicht mir einen kleinen gefalteten Zettel.

„Soll ich dir geben," richtet er mir aus.

„Von wem?" Frage ich.

Der Junge zeigt in Richtung eines Cafés und kommentiert, „oh, er ist gegangen."

„Danke," bedanke ich mich. Der Junge verschwindet wieder.

Vorsichtig öffne ich den Zettel. Die Handschrift kenne ich. Es ist dieselbe wie die des Zettels, der sich in der Matroschka befand.

Auf dem Zettel steht geschrieben:

„Lieber Herr Pfeiffer, der Herr Meier hat ihnen einen GPS-Empfänger an der Jacke befestigt. Sie sind in unmittelbarer Gefahr. Verschwinden Sie. Treffen Sie mich bitte heute Abend um 19:00 auf dem Adenauerplatz."

Ich reiche Murat den Zettel ohne Worte und ziehe ihn mit mir. Zusammen kreuzen wir weiter durch die Stadt. Währenddessen ziehe ich meine Jacke und mein T-Shirt aus und gebe sie einem Obdachlosen auf der Straße. Murat leiht mir seine Jacke.

Erst in einigen Hundert Metern Entfernung wage ich es wieder, mit Murat zu sprechen.

„Das war knapp," kommentiere ich, „und danke für deine Jacke."

„Klar doch," antwortet Murat, „die Handschrift ist dieselbe wie die von gestern. Vertraust du der Person?"

„Immerhin hat er oder sie uns gewarnt," sage ich.

„Ja, aber vielleicht stimmte das auch nicht," zweifelt Murat die Situation an.

„Wie hat er uns dann gefunden?" Hake ich nach.

„Naja," äußert sich Murat, „vielleicht ist der Empfänger auch an deiner Hose oder direkt im Körper und das war nur ein Ablenkungsmanöver, um dein Vertrauen zu gewinnen."

„Früher habe ich eigentlich mehr an die Chancen, an das Positive geglaubt," erwidere ich.

„Die Zeiten haben sich geändert," merkt Murat an, „früher war die linksradikale Gefahr nicht so groß und die rechtsradikalen hatten eh nie wirklich eine gute Chance mehr, hier in Deutschland, nach dem Zweiten Weltkrieg."

„Schon," kommentiere ich, „aber alle Hoffnung zu verlieren ist bestimmt nicht die weiseste Entscheidung."

„So wie jetzt kommst du auf jeden Fall nicht mehr in unser Quartier," bemerkt Murat.

„Was soll ich machen?" Frage ich nach, „das einzige was er bei mir berührt hat war nur meine Jacke. Ich war auf Abstand, Nummer sicher."

„Am sichersten wäre, neu einkleiden und einmal elektrogeschockt werden," bemerkt Murat.

„Einkleiden ok, irgendwo, wo es keine Kameras gibt, aber elektrogeschockt?" hake ich nach.

„Ich werde für dich einkaufen gehen," antwortet Murat, „und zum Schocker, momentan habe ich immer einen Schocker dabei."

So gehen wir zwei in die Nähe von Geschäften. Ich setze mich auf eine Parkbank und Murat elektroschockt mich. Vom Schock angeschlagen, bleibe ich auf der Bank liegen, während Murat einkaufen geht.

Während ich hier halb liege, bekomme ich nicht viel mit, nur dass mir einige Leute wohl Geld hinlegen. Sie denken wohl, ich sei obdachlos.

Wie dem auch sei, nach einiger Zeit kommt Murat wieder. In einer Ecke wo ich mich unbeobachtet fühle ziehe ich mich um. Anschließend gehe ich mit Murat zurück in die Wohnung. Mein Kopf fühlt sich noch etwas schwammig an, wahrscheinlich vom Elektroschocker. In der Wohnung fällt mir Abla in die Arme.

„Ist was passiert?" Frage ich nach.

Abla erklärt, „nunja, auch ich habe gesehen, was du heute erlebt hast. Wir wollten zu dir zu kommen, dem Typen, eh, Sven von hinten eine überziehen, aber dann bist du schon verschwunden."

„Ja, zum Glück," merkt Sophie an, „da hast du noch mal gut reagiert, aber leider keine Informationen erhalten. Es muss schon hart gewesen sein, deinen Freund so zu erleben."

„Nett war es nicht," antworte ich, „aber er sagte, jemand wolle mich sehen. Seid ihr sicher, dass Lisa und Samantha in Sicherheit sind?"

„Ja," bestätigt Victor aus dem Hintergrund, „ich habe gerade noch mit meiner Frau gesprochen. Sie ist eine der Wachen, die sich um die Sicherheit deiner Lieben kümmern."

„Sie ist Israeli?" Frage ich nach.

Er bestätigt, „ja, aber das bin ich auch. Meine Vorfahren sind aus Russland nach Israel geflohen."

„Oh, cool," merke ich an, „ich mag Israelis."

Victor lächelt. Abla zieht mich mit sich.

„Du musst noch kaputt sein vom Elektroschock," bemerkt sie, „komm mit, leg dich ein wenig hin und ich bringe dir auch noch ein Getränk, welches dir hilft, dich besser zu fühlen."

Gefühlvoll zieht mich Abla in unser Zimmer. Sie hilft mir, aus meiner neuen Straßenkleidung herauszukommen und in etwas Gemütliches. Dann gibt sie mir einen Kuss auf die Wange und verschwindet aus dem Raum.

Oh man, irgendwie weckt diese supersüße und supersexy junge Frau gerade irgendwelche Gefühle in mir. Wie kann sie bloß so liebevoll sein?

Wenn ich mich recht zurückerinnere, dann habe ich schon mal eine Frau wie sie kennengelernt. Sie hieß Melissa und war superschön, und superliebevoll. Eine echte Traumfrau war sie. Ich habe sie über Jahre begehrt, versucht, mich in ihr Herz zu kämpfen, aber es nie geschafft. Ich war halt einfach nicht ihr Typ.

Abla ist ähnlich. Vom ersten Eindruck her ist sie sogar noch einige Schritte intimer. Sie ist der Typ Frau den ich immer begehrte, der tief in mir eine unbändige Leidenschaft erweckt, so lange, bis die Leidenschaft nur noch Leiden in mir weckte. Es war nie mehr als Freundschaft, von ihrer Seite aus, aber ist es jetzt anders? Sie kümmert sich um mich wie eine Ehefrau, oder doch wie eine Schwester?

Schwester ja, an mehr darf ich nicht denken. Zu heiß ist das Feuer der Verführung, schließlich liebe ich Lisa, Lisa, die Frau meines Lebens, aber was spricht gegen ein kleines Abenteuer? Ich meine, ja, ich liebe Lisa über alles, aber Abla ist ein unerreichter Traum, ein Meilenstein, den ich immer erreichen wollte, das perfekte Abenteuer. Sie erweckt meine sexuelle Leidenschaft wieder, in dem Maße, wie ich es mit Lisa am Anfang empfunden haben. Lisa hingegen bedeutet für mich Vertrautheit, Geborgenheit und sich einfach nur gut fühlen. So wie es sich halt entwickelt, wenn man sich seit Jahren kennt, die typische Route der Liebe.

Was ist das Richtige? Natürlich, Lisa nicht zu betrügen ist der Weg, mit dem ich auf Dauer am glücklichsten bin, aber betrüge ich damit nicht mich selbst? Wie cool wäre es – gerade in diesen kalten und herausfordernden Zeiten – Ablas Haut zu spüren, sie über den ganzen Körper zu küssen und gemeinsam in der Leidenschaft der körperlichen Annäherung zu versinken? Dies stelle ich mir so unglaublich schön vor, so natürlich und sich seinen Bedürfnissen hingebend.

Aber wer weiß, wahrscheinlich will Abla eh nichts Sexuelles, kein Abenteuer mit mir. Eine Beziehung mit ihr wäre ein Traum, aber auch zu riskant. Ich kenne sie ja gar nicht und mit Lisa habe ich ein Leben. Wir kennen uns in und auswendig. Wir genießen jede Sekunde miteinander und natürlich verbindet uns auch Samantha. Wenn ich an die Zeit mit den beiden denke, muss ich automatisch lächeln. Ich bin einfach nur glücklich. Das kann ich nicht aufs Spiel setzen, um nichts in der Welt.

Ich bin nicht mehr der Typ, der nachts feiern geht und immer mal wieder eine andere Frau abschleppt. Nein, ich bin im Hafen der Geborgenheit angekommen. Ich habe das große, goldene Ziel erreicht.

Nach kurzer Zeit kommt Abla wieder in den Raum. Sie reicht mir eine Flasche mit einem Getränk.

„Hier, trink dies, es bringt deinen Elektrolyse-Haushalt wieder in Ordnung," erklärt mir Abla.

„Danke," antworte ich einfach nur und lächle.

Diese Nähe zu ihr fühlt sich so unglaublich gut an. Wie sie neben mir sitzt und mich zudeckt, unglaublich diese Gefühle.

„Weißt du, was ich so toll daran finde, mit dir in einem Bett zu schlafen?" Fragt Abla.

Wohin wird dies jetzt führen? Wenn Sie nicht im Raum ist, kann ich klar denken, aber so, jetzt, mit ihr direkt neben mir? Nein, geht nicht mehr.

‚Ja, ich will', ist alles, woran ich jetzt noch denken kann. Ja ich will ein Abenteuer. Ja, ich will deine Haut auf meiner spüren. Ja, ich will mit dir in Zärtlichkeit versinken. Ja, ich will einfach nur Dir nahe sein, für Stunden, für den Rest unserer Leben. Lass uns alles andere einfach vergessen. Ja ich will, ich bin dabei!

„Na, erzähl mir," antworte ich mit einem breiten Grinsen der Vorfreude.

„Du bist keine Frau, weil einer Frau mag ich echt nicht zu nahe sein, nachts. Das ist keine Homophobie, ich freue mich, wenn Frauen miteinander glücklich werden, aber wenn meine Haut nachts die Haut einer anderen Frau berührt, igitt."

„Das ist alles?" Hake ich nervös nach, „ich meine, warum ist es denn gerade so toll mit mir? Es könnte auch Francois, Victor oder Murat sein. Du brauchst dich nicht zu schämen, ich kann es auch für mich behalten."

Sie lächelt und antwortet direkt, „wieso schämen? Nein, die anderen wissen es auch schon."

Abla macht eine kurze Pause. Was kommt jetzt? Findet sie mich attraktiv? Will sie vielleicht sogar mehr als ein Abenteuer? Weiß sie denn nicht von meiner Frau und Kind?

„Es ist einfach," fährt sie fort, „du erinnerst mich sehr an meinen Ehemann. Dank dir vermisse ich ihn ein bisschen weniger. Natürlich würde ich ihn niemals betrügen, niemals so weit gehen und dich küssen oder mit dir Liebe machen, aber deine Nähe tut mir einfach gut. Und da du glücklich verheiratest bist und sogar ein Kind hast, brauche ich mir auch keine Sorgen machen, dass du dich an mich ranmachst. Glaube mir, viele versuchen schon mal, mich rumzukriegen."

„Oh, ok, natürlich," antworte ich ein wenig enttäuscht und noch nervös, „nur Freunde, wir sind nur Freunde, gute Freunde, vielleicht wie Bruder und Schwester."

„Ja, wie Bruder und Schwester," bestätigt Abla mit einem entspannten lächeln, „jetzt ruhe dich mal ein wenig aus. Wir wecken dich, wenn wir entscheiden, ob wir den Adenauerplatz riskieren. Wir dürfen unser Team nämlich nicht riskieren."

Abla verlässt den Raum direkt und schließt die Tür hinter sich. Bereits nach kurzer Zeit schlafe ich ein. Diese Mal habe ich keine Träume, zumindest nichts, an das ich mich erinnern kann.

„Aufwachen," rüttelt mich Murat wach, „die Mädels sind bereits in einem Café am Adenauerplatz. Victor und Francois werden im Transporter in der

Nähe warten und da die Person mich wahrscheinlich schon gesehen hat, werden wir beide sie treffen. Ziehe dich an und nehme eine Waffe mit."

Langsam mühe ich mich auf, setze mich hin und ziehe mir wieder was an. In einem Brustgurt unterhalb der Jacke verstecke ich eine kleine Pistole und einen Elektro-Schocker. Irgendwie habe ich das Gefühl, dass wir die Schocker gebrauchen könnten.

Ich gehe noch kurz ins Badezimmer und mache mich zurecht, als mich Murat geschockt ruft, „Michael, hast du das auch gerade gesehen? Ein anderes Team hat soeben eine Erfolgsnachricht an alle gesendet."

„Gesendet?" Rufe ich zurück, „ich habe keine E-Mail geprüft. Was ist ihnen gelungen?"

„Merkwürdig," kommentiert Murat, „ein anderes Team hat einen zentralen Außenposten der GegenKa in München hochgenommen. Sie haben auch Hinweise gefunden, dass alles in Berlin zusammenläuft. Du hast die Worte und Bilder wirklich nicht empfangen?"

„Nein, das muss mir entgangen sein," kommentiere ich.

„Sehr seltsam," bemerkt Murat, „das ist eigentlich der Typ von Nachricht, die du nur unterdrücken kannst, wenn dein Adrenalinspiegel zu hoch ist."

Adrenalinspiegel zu hoch? Ist er das? Sind das noch die Auswirkungen von der Nähe zu Abla oder die Gedanken an sie? Oder ist das noch eine Folge des Elektro-Schocks? Etwas weich auf den Beinen fühle ich mich schon noch.

„Seltsam," stimme ich ihm zu, „vielleicht ist durch den Elektro-Schock der Adrenalinspiegel noch zu hoch."

„Oder aber der Schock hat deinen Chip frittiert," gibt Murat mir eine Alternative, „wir sollten das im Auge behalten. Fühlst du dich denn nervös?"

„Nein, nur etwas schwach auf den Beinen," beschreibe ich.

„Versuche mal, mich zu empfangen," bittet er mich.

Ich gebe mein bestes, strenge mich an. Vorher, also vor dem Schock hatte es doch noch funktioniert.

„Nein, nichts," antworte ich.

„Ja, ich kann dich auch nicht mehr lesen," gibt Murat zu, „vielleicht hat der Elektro-Schocker wirklich die Technik zerstört."

„Wenn der Schock das kann, dann kann ich doch sicher auch Sven retten," denke ich laut.

„Dazu benötigen wir erst einmal mehr Informationen," bremst mich Murat aus, „eigentlich sollte das nämlich nicht gehen. Jetzt müssen wir aber erst einmal los."

So gehen wir zusammen aus der Wohnung und schlendern zunächst noch ein wenig herum, weit weg von Überwachungskameras und auch vom direkten Weg zum Adenauerplatz.

Am Platz angekommen, setzen wir uns auf eine Bank. Keine verdächtigen Personen gibt es hier und auch die Mädels haben Murat grünes Licht gegeben.

Ich schaue direkt auf den Platz. Vor mir sind ein paar Bäume inmitten der Pflastersteine sowie auch Bars. In einer erkenne ich Abla und muss ungewollt, aber zwangsweise lächeln, weshalb ich woanders hinschaue.

Murat schaut auf die Straße. Dort gibt es einen Supermarkt, einen großen Friseur und einigen riesigen Second-Hand-Laden.

Noch ist es kurz vor sieben und wir warten hier. Es scheint wirklich keine Falle zu sein, oder kommen die gleich in mehreren Transportern bei uns an? Werden sie uns überraschen oder überfallen?

Hin und wieder kommt jemand in meine Richtung. Ich schaue immer wieder erwartungsvoll hoch, aber alle laufen an uns vorbei.

Es ist bereits kurz nach sieben, als Murat sein Telefon zum Schein ans Ohr legt und sagt, „Hey Michael, er scheint nicht zu kommen. Vielleicht wurde er ja erwischt."

Ich antworte nichts. Murat steht auf und spaziert über den Platz. Ich hingegen bleibe sitzen.

Nach kurzer Zeit setzt sich jemand anderes neben mich und legt eine Zeitung zwischen uns. Kurz darauf steht er wieder auf und geht weg. Die Zeitung hat er liegen lassen.

Murat steht einige Meter entfernt und unterhält sich mit jemandem, vielleicht ein Freund.

Neugierig nehme ich die Zeitung und schaue sie mir an. Auf der Titelseite ist nichts Auffälliges, also blättere ich in ihr herum. Nirgendwo scheint etwas vermerkt zu sein, kein Zettel oder keine Botschaft finde ich auf den ersten Blick. Wollte die Person doch nur die Zeitung loswerden? Oder hat er sie vergessen? Zu sehen ist der Typ auf jeden Fall nicht mehr.

Bei einem genaueren Blick auf das Kreuzworträtsel fällt auf, dass die eingesetzten Begriffe nicht passen. Ich bringe die Begriffe in eine passende Reihenfolge:

„Wir treffen uns in einer halben Stunde auf dem Olivaer Platz, allein."

Irgendwie habe ich das Gefühl, dass ich ihm trauen kann. Er ist wahrscheinlich ähnlich paranoid wie ich. Was aber, wenn es doch eine Falle ist? Aber wieso will er die anderen nicht dabeihaben?

Noch etwas unentschlossen gehe ich erst einmal in Richtung der Mädels. Neben ihnen murmle ich, „ich gehe mal aufs Klo," und gehe direkt weiter in Richtung Toilette. Keine Verbindung zu irgendwem will ich zeigen.

Auf dem Rückweg gehe ich ganz einfach vor den Tischen an der Seite der Bar entlang. So schaffe ich es, unentdeckt vom Team zu bleiben. Wenn ich mich schon in Gefahr bringe, sollen die anderen in Sicherheit sein. Ich folge einfach mal meinem Instinkt.

Entlang dem Kurfürstendamm schlendere ich, bis es rechts auf den Olivaer Platz abgeht.

Auf diesem Platz stehen mehr Bäume. Gefahren könnten sich im Grün der Bäume verstecken. Wenigstens erkenne ich keine Überwachungskameras.

An einer Stelle des Platzes, an dem die Anzahl der Bäume geringer ist, setze ich mich auf den Rasen.

Kinder spielen um mich herum, kleine Familien verbringen hier ihre Zeit. Einige Jogger nutzen die Kühle der späten Abendstunden, um sich auszupowern. Auch hier fällt mir auf Anhieb nichts Verdächtiges auf. Lediglich die hohe Dichte an Bäumen in Teilen dieses kleinen Parks machen mich nervös.

Hier sitze ich jetzt, ganz allein und aufrecht. Ich will nicht zeigen, was ich unter der Jacke verstecke. Also vermute ich, dass ich angespannt wirke. Wie könnte es auch anders sein, schließlich weiß ich nicht, was mich hier erwartet.

Nach kurzer Zeit setzt sich dieselbe Person, die mir die Zeitung gab neben mich. Er schaut mich aber nicht an.

„Danke, dass Sie mir vertrauen," sagt er vor sich hin.

„Viel mehr Chancen habe ich ja nicht," antworte ich, „nachdem alle denen ich vertraut habe entweder umgebracht oder Gehirngewaschen wurden."

„Gehirngewaschen?" Fragt er nach.

„Ja, Sven," erkläre ich, „der Typ vom Friedhof."

„Ach der, genau," kommentiert der vermeintliche Überläufer.

„Was wollen Sie von mir?" versuche ich, ihn zum Reden zu bringen. Schließlich erachte ich es hier mit zunehmender Zeit immer gefährlicher.

„Ich will Ihnen meine Unterstützung anbieten," antwortet er.

„Mir scheint es, Sie haben die Matroschka nicht erhalten," fängt er nach einer kurzen Pause an zu erklären, „senden Sie mir bitte von einer neuen und saube-ren E-Mail-Adresse eine nachricht an post@coachiendo.com. Coachiendo schreibt man C O A C H I E N D O. Merken Sie sich das."

Er macht erneut eine kurze Pause und fährt fort, „Ich bin einer der höheren IT-Leute in der neuen Zent-rale. Leider ist der Umzug noch nicht vollzogen, wes-halb ich noch nicht weiß, wo sie sein wird, aber mor-gen soll ich weitere Informationen erhalten. Ab mor-gen stehe ich dann auch wieder unter kompletter Überwachung. Ich werde Ihnen alle weiteren Details senden, sobald ich sie habe, wenn Sie mir eine Nach-richt gesendet haben. Vergessen Sie es also nicht, wir haben einen gemeinsamen Feind. Ich will raus aus dem Wahnsinnsverein, aber das geht nur, wenn der Verein zerschlagen ist. Nächste Woche sollen wir dann auch wieder Unternehmensserver hacken, Daten klauen und die Fertigung lahmlegen. Die sozialistische Partei erwartet zunehmend wieder Internetkriminalität von uns, nachdem es die letzten Jahre etwas ruhiger war."

„Wieso sollte ich Ihnen vertrauen?" Hake ich nach, „ich wurde schon mal in eine Falle gelockt, von ihnen und Ihren Kollegen."

Eine Träne kullert seine Wange herunter.

Er antwortet, „ich weiß es nicht, ich weiß nicht einmal, ob ich mir selbst noch trauen kann. Ich kann Sie nur bitten, mir zu trauen. Ich will Fehler wieder gut machen."

Nach diesen Worten steht er wieder direkt auf und verlässt den Platz.

Auch ich stehe kurze Zeit später auf und gehe zurück zum Adenauerplatz.

Sophie sitzt noch in der Bar, alle anderen sind weg. Ich setze mich zu Sophie.

„Wo warst du denn?" Begrüßt sie mich ganz aufgeregt, die Anderen suchen dich bereits.

„Ja, tut mir leid, ich bin meinem Instinkt gefolgt," erkläre ich, „mehr erzähle ich, wenn die anderen hier sind."

„Die anderen hörn zu," kommentiert Sophie.

„Ok," fange ich an zu erzählen, „als ich auf der Bank saß und Murat sich mit jemandem unterhalten hatte, hat mir jemand eine Zeitung zukommen lassen. Im Kreuzworträtsel war eine bitte versteckt, mich allein mit ihm am Olivaer Platz zu treffen. Um euch nicht in Gefahr zu bringen, kam mir dies ganz recht. Wie du weißt, gab es schon einmal einen Anschlag auf mein Team. Mich hatten sie komischerweise schon einmal leben lassen."

Ich atme einmal tief durch und fahre fort, „niemand verdächtiges war dort. Die Person kam zu mir und hat mich wie auf dem Zettel in der Matroschka gebeten, ihm eine saubere E-Mail zu senden. Er meinte, er würde bald im neuen Hauptquartier arbeiten und würde mir die Anschrift geben sobald er sie hat. Noch sei alles selbst für ihn geheim. Wenn er dann wüsste, dass ich einen Angriff plane, könnte er das Alarmsystem ausschalten. Außerdem meinte er, dass es in den kommenden Wochen vermehrt Cyberattacken auf die Wirtschaft gebe."

„Glaubst du ihm?" Höre ich Abla von hinten ankommend fragen.

„Ja," bestätige ich, „es scheint, als sei er verzweifelt, habe eingesehen, dass sein Verein Mist baut und bereut, denen helfen zu müssen. Raus könne er da nicht so einfach, hat er mir gesagt, sondern nur, wenn das Hauptquartier aufgeflogen ist."

„Ok, wann soll er die Adresse bekommen?" Fragt Sophie.

„Morgen," antworte ich.

„Ok, dann lasst es uns versuchen," bestätigt Abla, „wenn du ihm vertraust, vertraue ich ihm auch."

Sophie kommentiert, „Murat sendet übrigens gerade eine E-Mail von einer neu eingerichteten E-Mail-Adresse, aus einem Internetcafé."

„Danke," sage ich in die Runde, „ich muss euch auch noch was gestehen. Es scheint, als habe der Elektro-Schock meine Verbindung zu euch, meinen Chip im Kopf zerstört."

„Das wissen wir doch," bestätigt Abla und legt ihren rechten Arm um mich, „keine Sorge, so hast du wenigstens einen klaren Kopf."

„Ja," stimmt Sophie zu, „mache dir keinen Kopf deswegen. Konzentriere dich lieber auf morgen. Morgen wollen wir die Exekutive der Partei, die neue Zentrale der GegenKa lahmlegen."

„Ok, und danke," stimme ich zu.

Gemeinsam gehen Sophie, Abla und ich über Umwege nach in unsere Zentrale. Die anderen Team-Mitglieder kommen auch kurz darauf. Wir essen noch schnell etwas und legen uns schlafen.

Ich habe wieder das Glück, neben Abla zu liegen, auch wenn Sie mich inzwischen nervös macht, mich auch wieder im Schlaf umarmt und sie mir so einiges an Schlaf raubt. Ich genieße es trotzdem und schlafe auch irgendwann ein.

Heißes Unterfangen

Die ganze Nacht schlafe ich unruhig, erst gegen Ende hin schaffe ich es, ein wenig fester zu schlafen.

Überraschenderweise wache ich auf und umarme Abla, quasi in Löffelchen-Stellung. Sie hält meinen linken Arm an ihre Brust. Mein Unterarm spürt die Wärme ihrer wunderschönen Busen. Mein Oberarm liegt entspannt auf ihrer Seite, bis hin zur Taille. Mit meiner Brust spüre ich die Nähe ihres Oberkörpers von hinten. Ihre langen schwarzen Haare hat sie nach oben über das Kissen gelegt.

Auf einmal beweg sie ihren Po etwas. Dies fühlt sich so unglaublich an. Die ganze Situation, die Stellung, wow, einfach ein Traum.

Zärtlich und vorsichtig zugleich gebe ich ihr einen Kuss auf den Nacken. Sie bewegt ihren Körper erneut kurz, wacht aber nicht auf. Zum Glück, wahrscheinlich.

Bevor ich mich gar nicht mehr stoppen kann und versuche, ihr ein Abenteuer aufzuzwingen, befreie ich mich aus der Stellung, wie auch immer diese zu Stande kam.

Leise verlasse ich den Raum und gehe in die Küche, wo ich mit Victor und Francois frühstücke.

Im Laufe der Zeit stehen auch alle anderen auf, machen sich frisch und frühstücken. Anschließend bereiten wir uns vor, ziehen die kugelsichere Kleidung an und die Undercover-Kleidung darüber. Francois, Sophie und ich stülpen auch wieder unsere Silikonmasken drüber, sicher ist sicher.

Unser Plan sieht wie folgt aus:

Vera und Sophie werden versuchen, das Gelände über einen Zaun zu betreten und mögliche Gefahren zu analysieren. Sie werden dort für den Notfall bereitstehen und eingreifen, wenn notwendig. Die Herausforderung wird sein, beide Zaunwände zu überqueren, oder zumindest die Erste, und sich im Wald zu verstecken. Zwischen Gebäude und dem Inneren Zaun gibt es laut Satellitenbildern keine Möglichkeit, sich zu verstecken, abzutauchen.

Victor und Francois werden versuchen, als verkappte GegenKa-Mitglieder Zugang zu bekommen. Sie sind verkleidet. Außerdem haben wir auch Mitgliedsausweise gefälscht, die aktuell waren, als ich verdeckt ermittelt habe. Ich hoffe, diese sind nicht veraltet, ist ja schließlich nicht so lange her.

Abla und Murat versuchen, durch die Kanalisation Zugang zum Gebäude oder die dazugehörige Bunkeranlage zu bekommen. Dies kann sicherlich eine scheiß Aufgabe sein, die auch aussichtslos ist, aber wir haben halt Gerüchte aufgetan, dass die damalige Regierung der DDR das ehemalige Stasi- und Regie-

rungs-Krankenhaus nicht nur mit einem Atomschutz-
bunker, sondern auch mit Fluchttunneln ausgestattet
haben soll. Eine Fluchtmöglichkeit soll beispiels-
weise über die Kanalisation geplant worden sein, allerdings soll der Zugang gut versteckt sein.

Ich bleibe in sicherer Entfernung im Transporter
und zeichne alles zur Beweissicherung auf. Dieses
Mal steht der Transporter nicht in unmittelbarer Nähe,
dafür sind wir jetzt mit dem aktuellen Stand der Technik ausgerüstet. Sogar die Empfänger im Transporter
sind wesentlich leistungsfähiger. Sobald Hinweise auf
illegale Aktivitäten bestehen, werde ich einen Freund
von Murat kontaktieren, der bei der Kriminalpolizei
arbeitet. Er wird dann mit vertrauenswürdigen Kollegen anrücken und unterstützen. Dieses Team wartet
auf Abruf bereits in der Nähe.

Voller Hoffnung machen wir uns im Transporter
auf den Weg. Heute bin ich der Fahrer. Es ist eine ru-
hige Fahrt, nicht nur, weil wir gut durchkommen, sondern auch weil jeder hochfokussiert auf seine Mission
ist. Das einzige Geräusch neben dem des Motors ist
das Radio, welches leise Pop-Songs vor sich her träl-
lert. Neben mir auf dem Beifahrersitz sitzt Abla.

Während der Fahrt fühle ich mich komisch. Zum
einen freue ich mich, Abla neben mir zu haben, zum
anderen werde ich bei ihrem Anblick aber auch nervös. Irgendwie beginne ich zu zweifeln, ob es mit Lisa
wirklich das ewige Glück ist. Selbst wenn Abla nichts

für mich empfindet, wieso habe ich diese Gedanken und Emotionen?

Ja, ich denke schon, dass Lisa und Samantha mir unendlich wichtig sind, aber der sexuelle Reiz ist fast verflogen. Jetzt gibt es Geborgenheit und Vertrauen statt Leidenschaft und Abenteuer. Ist das Liebe? Die Gefühle für Abla hingegen, sind diese nur eine Probe für mich? Sind sie vielleicht nicht mehr als eine Stichflamme der Leidenschaft?

Das Beobachtungsteam setze ich mit ihrer Ausrüstung zuerst, einige hundert Meter vor dem Einsatzort im Wald, im Hobrechtsfelder Chaussee, ab.

Die eindringenden Teams bringe ich direkt zur Straße am Sandhaus. Zur Einfahrt des Zielobjektes bringe ich sie aber nicht komplett. Vorsicht muss sein.

Ich fahre den Transporter weiter, in eine Seitenstraße in der Nähe des S-Bahnhofes Buch.

Dort gehe ich kurz in einen naheliegenden Kiosk und hole mir eine Flasche Wasser. Um mich herum gibt es keine verdächtigen Fahrzeuge oder Personen. Alles scheint hier ruhig und sicher zu sein. Nachdem ich mir auch über die Umgebung sicher bin, öffne ich die Tür für den Hinterraum des Transporters und setze mich vor die Monitore. Ich schalte alle Anlagen ein, so auch das Notebook.

Alsbald möglich setze ich mein Headset auf, drücke auf Aufnahme und gebe meinem Team das Startsignal, „Ok Team, die Aufnahmen laufen alle, legt los."

Sophie bestätigt für das Beobachtungsteam, „ok, danke."

Auch Abla bestätigt im Namen der eindringenden Teams, „wir bestätigen, Micha. Wir warten dann auf dein Go, dass die Beobachtungsposten in Position sind."

Wow, nennt sie mich jetzt wirklich so wie Lisa mich nennt? Ist das vielleicht ein Zeichen oder doch nur reiner Zufall?

Die Teams legen los.

Vera und Sophie lassen zunächst eine Drohne in die Luft. Die Drohne fliegt automatisch durch die Bäume, dann mit freier Bahn einige hundert Meter hoch und ist mit dem bloßen Auge vom Boden nicht mehr zu erkennen. Sie verfügt über hochmoderne, extrastarke Batterien, sowie hocheffiziente Solarzellen und eine hochauflösende Kamera, die ihre Bilder direkt an einen meiner Monitore sendet. Ich übernehme die Steuerung aus dem Transporter.

Direkt nach dem Start der Drohne gehen die beiden voran. Sie schleppen ihre Ausrüstung durch den dichten Wald. Schon bald erkennen sie vor sich einen ersten Zaun. Vorsichtig nähern sie sich, stoppen aber kurz vor dem Zaun. Sie warten auf eine Info von mir und schauen sich gleichzeitig hochaufmerksam um.

Ich schaue auf meine Monitore und teste verschiedene Filter. Wärmebildfunktionen zeigen keine Wärmekörper in der Nähe. Eine Strahlungsmessungsfunktion nimmt keine elektrischen Aktivitäten wahr.

„Sophie, Wärme- und Strahlungsmessung sehen sauber aus," kommentiere ich.

„Verstanden, danke," bestätigt sie.

Jetzt nähern sie sich dem Zaun komplett. Über die Mikrofone ist plötzlich ein lautes Knacken zu hören. Sophie und Vera gehen sofort reflexartig in die Knie.

Beide schauen sich um. Ich überprüfe zeitgleich auch die Ergebnisse verschiedener Filter. Es ist nichts zu erkennen, außer ein paar Tiere.

„Das wird ein Reh oder so gewesen sein," versuche ich, die beiden zu beruhigen.

Ohne Worte stehen sie wieder auf. Sie klettern schnell über den Zaun.

Im Bild mit Wärmefilter der Drohne erkenne ich, wie sich ein Wärmekörper mit menschlichen Formen Vera und Sophie nähert. Die Person scheint am Zaun zu patrouillieren.

„Vera, Sophie, geht schnell und unauffällig tiefer in den Wald zwischen den Zäunen," fordere ich sie auf, „es scheint jemand entlang des Zaunes zu patrouillieren."

Ohne Worte, also umso unauffälliger erkenne ich auf den Kameras, wie sich die beiden tiefer in den Wald bewegen. Nach etwa zwanzig Metern machen sie sich klein und stülpen eine Decke über sich, an der eine Menge an Laub befestigt ist.

Auf der Kamera der Drohne erkenne ich, wie die Patrouille der Zaunlinie unbeeindruckt weiter folgt.

Einige Minuten später, sobald diese Wache weit genug entfernt ist, gebe ich mein ok, „ok, ihr beiden, ihr seid jetzt wieder einige Zeit sicher. Am inneren Zaun scheint es keine Patrouille zu geben, dafür aber Kameras an den Gebäuden."

„Ok, danke," bestätigt Vera, „ich bin froh, dass wir heute die Salbe nutzen, die unsere Haut von der Wärmeausstrahlung dämmt, sonst könnten die uns leicht ausmachen."

Sophie ergänzt, „ja, und unsere Kameras sind auch auf dem neuesten Stand der Technik. Sie geben keine Magnetischen Strahlungen ab."

„Ja Mädels," stimme ich zu, „keine Zeit zu quatschen. Jetzt macht euch auf den Weg, bevor die Patrouille wiederkommt."

„Ja, Chef," bestätigt Vera kurz.

Beide bewegen sich tiefer in den Wald und stoppen wenige Meter vor dem inneren Zaun. Sie graben sich ein kleines Loch im Laub und bringen ihre Waffen in

Position. Infolgedessen legen Sie Laub über ihre Körper und Waffen, und setzen eine Sturmmaske auf, an der auch sofort Laub haftet.

Über die Kameras der beiden, sowie auch der Drohne erkenne ich die verschiedenen Gebäude des ehemaligen Regierungs- und Stasi-Krankenhauses der DDR, die bis zu sieben Stockwerke hoch sind. In den Zwischenhöfen scheinen Personen im Nahkampf, aber auch in Hindernisläufen ausgebildet zu werden. Werden hier etwa nicht nur Pläne zur Bekämpfung der politischen Gegner und der Wirtschaft ausgearbeitet, sondern sogar Kämpfer ausgebildet?

Schließlich bestätigt Sophie, „wir sind in Position und bereit."

Aus Formalität gebe ich den Status weiter, „das Observationsteam ist jetzt in Position. Bitte vordringen."

Victor und Francois bestätigen, „ok, wir machen uns auf den Weg."

Genauso bestätigt auch Murat, „danke, wir tauchen dann auch mal ab."

Auf meinen Monitoren erkenne ich, wie Murat einen Gully-Deckel entfernt. Beide, Murat und Abla gehen mit spezieller, Wasserabweisender Kleidung und Atemschutzmaske in die Tiefe. Victor schließt den Gully wieder hinter sich.

Francois und Victor machen sich auf, in Richtung des Zielgebäudes. Sie laufen locker und lästern über die Machtgier und Dominanz in der Wirtschaft und dass der Kapitalismus ja so scheiße sei. Dies gehört alles zur Tarnung, selbst hunderte Meter vor dem Gebäude, denn eines ist bekannt, zu Zeiten der DDR hatten selbst die Wände Ohren. Wieso sollten es die GegenKa sowie die sozialistische Partei anders handhaben?

Beide schreiten zu Fuß in durchschnittlicher Geschwindigkeit immer weiter voran.

Abla und Murat hingegen bewegen sich eher vorsichtiger. Zwar können sie einen scheinbar trockenen Steg aus Beton und Stein entlanglaufen, aber die hohe Luftfeuchtigkeit dort unten scheint den Boden glatt zu machen. Hin und wieder rutscht einer der beiden aus. Ratten, Käfer und andere Lebewesen huschen hier und da über den Weg oder klettern die Decke hoch oder verschwinden in Löchern. Nur langsam kommen sie in den tropfenden und dunklen Abwassertunneln voran. Wärme- und Strahlungsfilter zeigen hier unten bisher zumindest keine Auffälligkeiten, keine Personen oder Kameras sind zu erkennen.

„Abla, Murat," teile ich ihnen mit, „bei euch beiden ist der Weg bisher frei, keine Personen oder Kameras kann ich bisher ausmachen. Ich gebe euch unmittelbar Bescheid, sobald sich dies ändert."

„Verstanden, danke Micha," meldet sich Abla.

Die anderen beiden kommen langsam am Eingangstor des ersten Zaunes an. Hier steht keine Wache. Das in etwa ein Meter zwanzig hohe Eingangstor ist noch nicht einmal verschlossen.

In etwa 50 Metern Entfernung ist bereits das zweite Eingangstor ersichtlich. Auch dieses ist eher einfach gehalten.

Über die anderen Kameras sowie auch die Drohne erkenne ich, dass die Leute in den Innenhöfen noch immer trainieren. Hinter dem inneren Zaun stehen kaum noch Bäume, aber auch drei Wachen. Sie sind von Francois und Victor aus nicht zu erkennen, da sie hinter den Bäumen versteckt sind, aber sie sitzen auf dem Boden und spielen Karten. Soweit ist alles gut, eigentlich.

„Jungs, seid vorsichtig, es ist zu ruhig wo ihr seid. Scheinbar legt die Organisation Wert darauf, unauffällig und offen zu wirken. Hinter dem zweiten Zaun werden aber drei Wachen auf euch warten. Sie sehen schwer bewaffnet aus, vielleicht eine Miliz der GegenKa," gebe ich den beiden mit auf den Weg.

„Ok," flüstert Francois und öffnet das Tor.

Beide gehen ganz natürlich weiter in Richtung des zweiten Tores und unterhalten sich.

Über die Drohne erkenne ich, dass die drei Wachen schon frühzeitig aufstehen. Irgendeinen Überwachungsmechanismus muss es dort bereits geben.

„Jungs," gebe ich durch, „nur zur Info, die Wachen haben euch bereits wahrgenommen, wirken aber nicht aggressiv."

Weiter spazieren Sie in Richtung des zweiten Tores. Dieses ist allerdings mit einem Fahrradschloss verschlossen. Dieser Zaun sieht sogar neuer aus und ist in etwa zwei Meter fünfzig hoch.

Am Tor angekommen, kommen die Wachen in Dreiecksposition an.

„Guten Tag," sagt der Vorderste, „dies ist Privat-gelände. Sie haben hier keinen Zugriff."

Victor antwortet, „Kollege, wir sind in derselben Gruppierung, haben dasselbe Ziel."

Wie es scheint, hat sich Victor zumindest die Wort-wahl gemerkt, die sich als typisch in der GegenKa darstellt. Diese ist nämlich nicht dieselbe wie in der politischen Partei.

„Wer sind Sie denn und was wollen Sie hier?" fragt die Wache nach.

„Kollege, ich bin Sergey Jankowski, stellvertreten-der Führer der GegenKa Eisenhüttenstadt und rechts neben mir ist Josef Vogel, mein Assistent. Wir sind hier für die Diskussion und Training von Maßnahmen zur Ausrottung unserer Klassenfeinde."

Richtig, die GegenKa-Mitglieder aus Eisenhütten-statt haben nie an größeren Treffen teilgenommen. Daher kennt sie niemand. Dennoch sind sie über ein persönliches Netzwerk sehr gut informiert und aufgestellt. Gestern Abend hatte mir Murat mitgeteilt, dass eine andere verdeckte Gruppe diese beiden Personen, sowie auch Vladimir Wostok, den Führer der GegenKa aus Eisenhüttenstadt entführt haben. Es scheint als wären zwei der drei Entführten jetzt hier.

„Eisenhüttenstadt also, ja? Ihr wart aber nicht angemeldet," bemerkt die Wache.

„Sehr genau Kollege," bestätigt ihn Viktor.

Die fragende Person verschwindet im Hintergrund und ruft jemand an. Die anderen Wachen passen währenddessen auf Victor und Francois auf.

Zur selben Zeit haben Murat und Abla zwar die Abwasserrohre erreicht, die aus dem ehemaligen Krankenhaus herführen, aber für einen Notausgang der DDR Prominenz zu Zeiten des Kalten Krieges sind diese ganz bestimmt nicht geeignet. Beide suchen weiter nach alternativen Wegen. Überraschender Weise geht der Abwassertunnel sogar noch viel weiter als nur zu den Rohren, obwohl dort laut Karte keine Gebäude mehr folgen sollen.

Beide versuchen eifrig, einen anderen Eingang zu finden, aber dies erweist sich als kompliziert. Auf dem ersten Blick scheinen die Wände alle eben zu verlaufen, außer an den Stellen in denen Abwasserrohre herauskommen.

Meine beiden Freunde steigen sogar ins Abwasser und laufen die Strecke ab, aber es gibt keine Unregelmäßigkeiten, keinen zusätzlichen Tunnel der auf der anderen Seite wieder hochgeht.

Sie scheinen fast schon zu verzweifeln, versuchen aber dennoch zusätzlich als letzte Hoffnung, die Wände alle abzuklopfen.

Wider bei Victor und Francois, kommt die Wache gerade wieder zurück vom Telefonat. Hat es sich gelohnt, dass Victor und Francois die Ruhe bewahrt haben?

„Ok," sagt die herannahende Wache, „der Oberführer sagt, es sei in Ordnung. Er sei froh, auch endlich mal jemanden aus Eisenhüttenstatt zu treffen. Wieso seid ihr denn sonst so schüchtern?"

„Wir haben halt eine andere Herangehensweise," antwortet Victor, „wir arbeiten nur mit Leuten zusammen, denen wir 100% vertrauen. Eine Quelle hat uns erzählt, dass sich in anderen Gruppen sogar Spione eingeschleust hätten, die die Zentrale zum Glück neutralisieren konnte. Wir bleiben lieber sauber, anstatt uns mit potenziellen Ratten zu verseuchen."

„Und woher kommt der Meinungswechsel?" Hakt er nach.

„Wir haben über Kontakte gehört, dass sie bereits hier waren und es von großem Nutzen war. Also wollten wir die Chance auch wahrnehmen, unseren Klassenfeinden einen auszuwischen," beschreibt Victor.

„So soll es sein,“ schließt die Wache das Gespräch ab, während eine der anderen Wachen das Tor öffnet, „Im Hauptgebäude werdet ihr bereits erwartet. Viel Erfolg euch.“

„Danke,“ bedankt sich Victor einfach und geht vor. Francois folgt ihm.

Merkwürdig ist allerdings, dass sie die GegenKa-Ausweise nicht sehen wollten. Zumindest in den Zellen direkt mussten wir die immer bei uns tragen. Ahnen die vielleicht bereits etwas?

Zusammen spazieren Victor und Francois jetzt den Weg aus großen quadratischen hellgrauen Pflastersteinen entlang. Die Steine liegen hier bereits eine Weile und wurden auch ewig nicht erneuert. Zwischen einzelnen Steinen wächst Gras in die Höhe. Gelegentlich kippen die Steine beim Betreten sogar zur Seite.

Anstatt den direkten Weg links über den Rasen zu nehmen, folgen die beiden dem längeren Weg über die Straße schlecht erhaltene Straße. Diese ist ähnlich aufgebaut wie eine Allee, links und rechts stehen grüne Baum. Links sind es Laubbäume, rechts hingegen Nadelbäume. Vor den Nadelbäumen verläuft jedoch der Zaun.

Nach etwa 100 Metern biegen sie stark links ab und erreichen nach zehn Metern eine Art Platz vor dem Gebäude.

Die Pflasterung hier ist sogar noch schlechter erhalten. Teilweise fehlen Steine.

Victor und Francois suchen nach dem Haupteingang und finden ihn auch bald. Sie treten ein. Eine steif dastehende Person wartet bereits auf die beiden.

Die wartende Person sieht untypisch für die GegenKa aus. Normalerweise laufen diese eher chaotisch oder leger herum, nicht so steif und uniformiert wie diese Person. Er hat kurzes graues Haar und ist glattrasiert. Er steht dort wie die Wachen vor dem Buckingham Palace in London. Auf seinem Namensschild auf der rechten Brust steht ‚Hase'.

„Hallo Herr Kollege Hase, Jankowski und Vogel hier. Wir sind an den Maßnahmen zur Ausrottung unserer Klassenfeinde interessiert," erklärt Victor.

Hase rührt sich und antwortet, „sehr wohl, willkommen in Berlin, bitte folgen Sie mir."

Hase geht vor, Victor und Francois folgen.

Soweit so gut. Bisher gibt es noch keinen Hinweis auf eine Falle, außer, dass keine Ausweise angefragt wurden. Das Gebäude ist nicht leer. Viele Personen laufen über die Gänge. Vermutlich wird das Gebäude nicht in die Luft fliegen. Ein wenig traumatisiert von Frankfurt (Oder) bin ich noch.

Zurück in der Kanalisation finden Abla und Murat durch das Abklopfen der Wand in Richtung des Zielgebäudes schon bald einen Hohlraum.

Der Mörtel scheint an dieser Stelle sogar frischer zu sein, als er woanders ist. Ist das hier der Zugang zum Fluchttunnel, hinter einer Sollbruchstelle?

Vorsichtig schiebt Abla einen Stab mit Kamera am Ende durch ein Loch in der Mauer. Auf meinem Monitor erkenne ich, dass es dort dunkel ist. Es gibt aber auch hier keinen Hinweis auf Wärme oder Strahlung. Die andere Seite scheint unbewacht zu sein.

„Die Luft ist rein," bestätige ich den beiden.

Die beiden entfernen vorsichtig mehr und mehr Mörtel, im Anschluss auch die Steine. Dies dauert eine Weile, die beiden wollen aber auch keine Aufmerksamkeit erregen.

Im Gebäude werden Victor und Francois in einen Raum gebracht und gebeten, etwas zu warten.

Die beiden setzen sich auf eine Couch und reden wie zuvor bereits draußen über angebliche Ideen, wie Cyberangriffe auf große deutsche Unternehmen, um den Bossen die Machtgeilheit und das Dominanzbedürfnis zu vermiesen und dem Volk die Macht zurück zu geben.

Nach kurzer Zeit kommt jemand anderes in Uniform herein. Diese Person hat drei goldene Sicheln auf roten Schulterklappen auf seinen beiden Schultern. Er scheint einen höheren Rang zu haben. Auf seinem Namensschild steht ‚Sturm'.

Er stellt sich vor die beiden und streckt ihnen die Hand aus. Beide stehen urplötzlich auf. Zunächst reicht ihm Victor die Hand.

„Guten Tag Oberkollege Sturm," begrüßt ihn Victor, „Jankowski mein Name. Ich bin hier mit meinem Assistenten Vogel."

„Angenehm," antwortet Sturm trocken, in einer sehr dunklen Tonhöhe.

Jetzt reicht auch Francois ihm die Hand, „angenehm, Vogel."

„Sie zwei sind also aus Eisenhüttenstadt," stellt Sturm fest, „es freut mich, Sie auch endlich mal kennenzulernen. Wie läuft unser Vorhaben denn dort?"

„Es läuft stetig," erklärt Victor, „dennoch wollen wir uns auch mal neuen Maßnahmen öffnen, und weiterbilden."

„Ich verstehe," bestätigt Sturm.

„Wir wollen auch keine Zeit verlieren, es gibt noch viel zu tun, also, wie erfahren wir jetzt über neue Maßnahmen und Methoden? Wir müssen unsere Klassenfeinde doch ausschalten," fährt Victor fort.

Wieso redet er denn jetzt so viel, wird er nervös?

„Nicht nervös werden, bleib ruhig," teile ich Victor mit.

„Sie sind eifrig," sagt Sturm, „das freut mich. Wenn bloß alle so effizient wären. Leider sind es nicht alle. Kommen Sie mit."

Sturm geht vor, Francois und Victor folgen.

Auf dem Weg erklärt Sturm, „ich bringe Sie jetzt in einen Raum, in dem Sie alle Informationen in Papierform finden. Diese Informationen werden wir nicht digitalisieren. Das wäre zu riskant, wegen möglicher Cyberangriffe, aber das versteht ihr ja auch."

Sie fahren mit einem Fahrstuhl in den dritten Stock Durch Fenstersind die trainierenden Truppen im Innenhof zu sehen.

Sturm kommentiert, „draußen sehen Sie auch Eliteeinheiten einer künftigen sozialistischen Bundesregierung. Aktuell trainieren sie noch die ‚Grauer-Block-Taktik', aber bald werden sie dies sicherlich nicht mehr benötigen. Während ihr dann machen könnt, was ihr wollt, werden diese die Massen unter Kontrolle halten, sobald wir die Macht übernommen haben. Wir haben bereits mehrere solcher Trainingsstandorte in der gesamten Bundesrepublik, die unsere Milizen heimlich ausbilden. Berlin, also hier ist aber unsere Zentrale, wie ihr ja sicherlich wisst. Viele Kämpfer kommen von Verbündeten Regierungen wie Russland, Venezuela oder auch Saudi-Arabien, aber auch aus der EU. Sie werden schon bald helfen, der Bevölkerung klarzumachen, dass wir mehr Solidarität und weniger Wirtschaft benötigen. Zu lange haben wir es mit Worten allein versucht. Gemeinsam werden wir die Bevölkerung bald sogar von kleinen, widerspenstigen Klassenfeinden reinigen. In vielen Ländern erfolgt dies bereits. Aus diesem Gebäude heraus werden übrigens auch eure Anweisungen versendet, um dem sogenannten Freihandel und der auch so freien Wirtschaft, der im Gegensatz zur Solidarität und der Chancengleichheit steht, einen Strick zu drehen. Wir müssen den Kommerz beenden. Genossen, schon bald wird es uns bessergehen, werden wir die Welt aus den Schlingen des Kapitalismus befreit haben."

Ich sehe, wie diese Aussage beide, Victor und Francois bereits gereizt hat, wo der Sozialismus doch gerade das ist, was die Entscheidungs- und Entfaltungsfreiheit jedes einzelnen einschränkt. Was die freie Entfaltung in der liberalen sozialen Marktwirtschaft den Menschen ermöglicht zu erreichen, das ist, was ich Freiheit nenne. Das System was die sozialistische Partei mit ihren roten Fahnen aufbauen ist wie ein Kreuzknoten. Je mehr Kraft aufgewendet wird, die Stricke auseinanderzureißen, desto fester wird er, desto fester halten die Mitglieder zusammen, aber noch ist der Knoten nicht gebunden. Noch haben wir eine Chance, dass es anders endet als in Venezuela, auf Kuba oder in Russland.

Es ist schon lustig, dass diese Gruppierung genau das zerstören will, wovon sie so profitieren. Ohne die Wirtschaft und ohne Handel gebe es wohl kaum all die Ausrüstung, die sie verwenden. Für mich ist es unglaublich, mal darüber nachzudenken, durch wie viele

Hände allein schon ein Mobiltelefon geht. Ob es um die Herstellung eines Plastikteils und den dafür notwendigen Abbau von Erdöl, oder die Erstellung eines Mikrochips geht. Die einzelnen Komponenten werden in der Regel von einzelnen Herstellern zusammengekauft. Eine Volkswirtschaft allein, oder gar ein Unternehmen alleine hat gar nicht das Know-how, die Kapazitäten und die Rohstoffe, um ein komplettes Mobiltelefon alleine herzustellen. Tausende Menschen in den verschiedensten Ländern sind in Fertigung und Verwaltung involviert. Auf diese Weise erbringen sie ihren Service, um in Form eines Wertaufbewahrungsmittels bezahlt zu werden und um sich ihre Träume zu verwirklichen. Sicherlich mag die Bezahlung nicht immer fair sein, aber dann müssen sich diese Mitarbeiter zum Beispiel in Form von Streiks und friedlichen Demonstrationen halt auch für bessere Arbeitsbedingungen einsetzen. Ein stabiler Zustand kommt nicht ohne Aufwand, nicht ohne friedlichen und konstruktiven Einsatz. Es ist ein Entwicklungsprozess. Von nichts kommt nichts.

Im Untergrund haben sich Murat und Abla inzwischen den entsprechenden Teil der Mauer eingerissen und erforschen den Tunnel dahinter.

Hinter dieser Mauer steht das Wasser fast einen halben Meter hoch. Über die eingerissene Wand fließt es jetzt allerdings auch relativ schnell ab. Ein Wunder, dass es noch nicht durch die Wand geleckt ist.

Murat und Abla verstecken sich sicherheitshalber zu Beginn noch hinter der Wand, in der Kanalisation. Das abfließende Wasser zieht auch weitere Steine mit sich. Erst als der Abfluss nachlässt, gehen beide wieder zurück in den Tunnel.

Niemand ist zu hören oder zu sehen. Die Luft scheint rein zu sein, also wohl keine Falle. An den Seitenwänden erkenne ich, wie von außen langsam wieder Wasser eindringt. Es handelt sich also wahrscheinlich um eindringendes Grundwasser. Hoffentlich wird der Druck von außen nicht so groß, dass die Wände nachgeben. Schließlich findet das Wasser bereits seinen Weg und der ausgleichende Wasserdruck von innen ist jetzt weg. Dieser hatte das System stabilisiert. Wir haben Instabilität in ein System gebracht, welches an sich stabil war. Was jetzt genau passieren wird, ist abzuwarten.

Meine beiden Team-Mitglieder schreiten mit gezogenen Waffen langsam voran. Der Gang führt wohl in etwa 100 Meter geradeaus, bis es um die Ecke geht.

Zurück bei Victor und Francois sind beide inzwischen in einem Raum angelangt. In diesem stehen Reihenweise Ordner und Bücher an den Wänden. Sie sind beschriftet mit verschiedenen Titeln, von „Argumente gegen den Kapitalismus", über „der graue Block und seine Chancen", bis hin zu „Klassenfeinde ausräuchern, erfolgreiche Maßnahmen aus dem Ausland", „Klassenhaft, wo und wie politische Gegner festgehalten und aktiv überzeugt werden" oder „Erfolg durch Angst, mit dem Ruf nach Protektionismus zurück zu sozialistischer Stärke".

Francois und Victor schauen sich in den Ordnern um. Sie finden Beweise für den Aufruf zur Gewalt, Anleitungen zu Foltermethoden und zur Verbreitung sachdienlicher Nachrichten. Es gibt Lagebeschreibungen und Karten von Standorten, in denen es politische Häftlinge geben könnte und vieles mehr.

Auf den ersten Seiten wird sogar immer noch die Kooperation der sozialistischen Partei mit der GegenKa dargestellt. Als Symbol haben sie zwei sich kreuzende rote Flaggen im Wind gewählt.

„Es sieht so aus, als gebe es hier genug Beweise gegen die Partei und die GegenKa," kommentiere ich, als sich plötzlich die Tür öffnet.

Sturm und zwei weitere Wachen treten hinein. Bei den Wachen erkenne ich dasselbe Symbol wie in den Ordnern, die beiden roten Flagge im Wind. Wenn ich mich recht erinnere, hatten auch die Kräfte in der Zentrale in Frankfurt (Oder) dasselbe Emblem auf ihrer Brust getragen.

Beide Wachen schreiten voran und legen Victor und Francois Handschellen an.

„Was ist los, was soll das?" Fragt Francois.

Sturm antwortet, „wir haben gerade einen Anruf aus Eisenhüttenstadt erhalten. Ihr seid nicht die, die ihr ausgebt zu sein. Die beiden sind wie auch eine dritte Person zwar verschwunden, aber ihr passt nicht auf die Beschreibung. Die Wachen werden euch beide ins Gefängnis bringen, wo man sich um euch, wie auch um die anderen politischen Gegner kümmern wird. Wir werden schon herausbekommen, wer ihr seid, was ihr wollt. Führt sie ab, die Kapitalistenschweine."

Die Wachen verlassen den Raum mit Victor und Francois.

„Team," melde ich an alle, „wir haben ein Problem, Victor und Francois wurden enttarnt. Ich werde Verstärkung rufen."

„Ok," bestätigt Sophie, „gib Bescheid, wenn du weißt wo sie sind, wir müssen sie befreien."

„Genau," stimmt Murat zu, „wir können aus dem Keller eingreifen und ihr lenkt oben ab."

„Gut," sage ich, „ich gebe euch weitere Informationen alsbald möglich."

Zeitgleich greife ich nach dem Notfalltelefon und rufe die einzige gespeicherte Nummer ein.

„Ja," antwortet eine männliche Stimme.

„Hier ist Michael, ein Team-Mitglied von Murat, wir haben Beweismaterialien gesichtet," gebe ich an, „zwei Team-Mitglieder sind gefasst, bitte sofort eingreifen. Wir erbitten Unterstützung."

„Ok," stimmt die Person zu und legt auf.

Da bin ich mal gespannt wie das jetzt abläuft. Auf den Bildschirmen von Francois und Victor tut sich inzwischen was.

Dies gebe ich direkt durch, „die beiden sind im Fahrstuhl, scheinbar auf dem Weg in den Keller."

Es folgen keine Kommentare, ich beobachte lediglich die Monitore.

Sophie und Vera liegen noch scheinbar in Sicherheit im Wald, von Blättern begraben, aber immer noch mit Sicht.

Murat und Abla sind durch eine Tür getreten. Auf der Rückseite der Tür hängt an Schild, ‚Vorsicht, geflutet' steht darauf. Vor ihnen liegt ein Gang nach links und weitere Treppen in die Tiefe nach rechts.

Victor und Francois sind inzwischen ebenfalls im Keller angekommen. Inzwischen haben sich vier weitere Wachen zu ihrem Abtransport gesellt. Sie scheinen in Richtung Bunkeranlagen zu gehen.

„Abla, Murat," sage ich hastig, „sie kommen in eure Richtung, sechs Wachen sind dabei, versteckt euch, geht zurück in den nicht mehr gefluteten Gang. Sie werden die Tür nicht öffnen."

Beide verschwinden zurück in den Gang und schließen die Tür vorsichtig. Und ja, Francois und Victor werden dort entlanggeführt, und die Treppe hinunter.

„Scheinbar werden sie im Bunker gefangen gehalten," gebe ich ans Team durch, als der Empfang zu Victor und Francois abbricht.

„Team, ich habe den Kontakt zu Viktor und Francois verloren," ergänze ich mich.

Murat antwortet, „ok, dann arbeiten wir von jetzt an direkt mit dem Chip. Mach dir keine Sorgen Michael, wenn was passiert, halten wir dich auf dem Laufenden."

„Warum nicht gleich so?" Frage ich nach.

Murat antwortet, „das ist auf Dauer zu erschöpfend, aber so intensiv konntest du es ja nie erleben."

Abla und Murat warten ein wenig.

Vera und Sophie feuern unterdessen einige Haftbomben ab, die am Gebäude haften und erst mit einem Signal explodieren. Beide ziehe sich zugleich zurück.

Sie entdecken die Patrouille früh, schleichen sich von hinten an, halten ihr den Mund zu und spritzen ihr ein starkes Beruhigungsmittel in den Arm. Anschließend klettern sie über den kleineren Zaun und verstecken sich tiefen im Wald.

Über die Drohne erkenne ich, wie sich langsam weitere Einsatzkräfte der Polizei nähern.

Murat und Abla verschwinden unterdessen durch die Stahltür hindurch in den Keller, den Bunker. Auch ihr Signal bricht ab. Den beiden kann ich auch nicht mehr helfen.

Etwa 50 Einsatzkräfte der Polizei nähern sich nun zu Fuß dem Haupteingang. Die Wachen des Gebäudes kommen in Formation eines grauen Blocks auf sie zu. Sie halten sich aber noch verdeckt, als auf einmal einige anfangen, mit Gegenständen zu werfen oder mit echten Waffen zu feuern.

„Jetzt wäre der richtige Zeitpunkt für ein Ablenkungsmanöver," kommentiere ich, „unsere Verstärkung wird am Eingang vom grauen Block begrüßt."

Vera drückt einen Knopf. Ich erkenne aus der Luft ein paar heftige Explosionen. Der graue Block scheint irritiert. Einige laufen zurück, andere bleiben stehen.

Die Unterstützung bricht durch. Es gibt heftige Rangeleien. Schüsse fallen. Auf beiden Seiten gehen Leute zu Boden. Schließlich werden aber auch welche in Handschellen abgeführt.

Hier im Transporter höre ich unterdessen Krankenwagen mit Sirene an mir vorbeifahren. Sind diese jetzt auf den Weg zum Einsatzort?

Sophie und Vera feuern unterdessen auch aus dem Wald heraus. Auch ihnen eilt inzwischen Unterstützung zu. Es scheint, als hätten sogar ausgewählte Einsatzkräfte der Polizei den Chip implantiert. Wie sonst hätten sie den Standort kommuniziert?

Nach einigen Minuten empfange ich Abla, Murat, Victor und Francois wieder.

„Ich habe wieder eine Verbindung zum kompletten Team," gebe ich durch, „es wird alles gut."

„Ja," kommentiert Murat, „lediglich Francois ist am Bein angeschossen, ansonsten sind wir unversehrt. Jeder der uns gesehen hat ist tot, außer die Wachen am Eingang und Sturm. Die müssen wir ruhigstellen."

„Die Verstärkung ist bereits da," gebe ich an, „wir müssen irgendwie die Kommunikation abbrechen."

„Mein Kontakt ist dran," bestätigt Murat, „er kappt alle Verbindung nach außen."

„Was ist mit den Handyverbindungen nach außen?" Frage ich nach.

„Wenn wir hier nicht im Untergrund fliehen würden, hättest du keinen Empfang mehr," erklärt Murat, „auch alle drahtlosen Verbindungen nach außen sind blockiert. Alles was nach außen gesendet wird, wird von uns sogar gesammelt."

„Ok," bestätige ich, „also ist alles unter Kontrolle."

„Fast, unter meinem Sitz findest du zwei Umschläge," fährt Murat fort, „im Notebook sind drei USB Sticks. Alle Daten wurden zeitgleich auf dem Notebook und den drei Speichermedien gespeichert. Lege je einen Stick in je einen Umschlag und stecke den dritten Stick in deine Tasche. Dann werfe die frankierten Umschläge mit dem Stick in einen Briefkasten. Wir nähern uns dir unterdessen durch die Kanalisation.

Ich erkenne, wie sie gerade den brüchigen Tunnel in die Kanalisation verlassen, als die Wände rechts und links nachgeben. Steine, Erde und Wasser dringen in den Tunnel ein. Auch der Wasserstrom in die Kanalisation wird jetzt etwas stärker. Umso mehr beeilt sich das Team, in meine Richtung zu kommen.

Schnell ziehe ich die Speichermedien heraus, stecke zwei in die Umschläge und den Dritten in meine Brusttasche. Die Drohne steuere ich im Autopiloten zum Transporter. Ich verlasse den Transporter vorsichtig. Nichts wirkt hier auffällig, alles normal.

Im naheliegenden Kiosk frage ich nach einem Briefkasten. Die Arbeitskraft beschreibt mir den Weg. Ich fahre mit dem Transporter vor und schmeiße die Umschläge hinein.

Die Drohne landet unterdessen auf dem Dach. Ich hole sie hinein. Dann sammle ich zunächst Victor, Francois, Murat und Abla fernab vom Einsatzort ein, bevor ich am Wald auch für Sophie und Vera halte. Sie steigen ein.

Beim Halt erkenne ich auch eine Person von der Polizei, die mir irgendwie verdächtig aussieht, als hätte ich sie schon mal irgendwo gesehen. Er schaut mich eindringlich an. Irgendwie habe ich bei seinem Einblick kein gutes Gefühl im Bauch. Wahrscheinlich hat das Gefühl aber auch nichts zu sagen. Schnell fahre ich mit meinem Team zu unserem Parkplatz, von dem wir mit dem verletzten Francois zurück in unsere Zentrale gehen.

Vera und Sophie kümmern sich liebevoll um Francois. Wir anderen erholen uns einfach nur und gehen früh schlafen. Was für ein Tag.

Die Spitze der Verschwörung

Am nächsten Morgen wache ich wieder neben Abla auf. Sie umarmt mich von hinten. Langsam gewöhne ich mich an die Nähe zu ihr, will sie auch nicht mehr missen.

Aus dem Nachbarraum höre ich laute Geräusche, also löse ich mich vorsichtig von Ablas Umarmung und gehe in den Nachbarraum.

Das Geräusch kommt von den Nachrichten die Victor online streamt.

Ich erkenne Gruppen von Menschen, vermummt und komplett in grau gekleidet, die durch die Straßen der Innenstädte in Hamburg, München, Bremen, Frankfurt am Main, Düsseldorf, Stuttgart, Dresden, Kiel, Oldenburg, Leipzig, Nürnberg und Berlin ziehen. Autos und Müllcontainer um sie herum brennen lichterloh. Sie randalieren, zerstören Schaufenster, setzen auch Geschäfte in Brand. Anwohner, die versuchen, Feuer zu löschen werden angegriffen. Personen, die aus den Fenstern heraus filmen oder etwas rufen, werden mit Steinen beworfen.

Die linksradikalen oder von linksradikalen Parteien angeheuerten Randalierer halten rote Fahnen hoch in den Wind und rufen linke Parolen umher. Sie führen sich auf, als seien sie die Herrscher der Welt, als könnten sie machen, was sie wollen, als herrsche sie Anarchie in Deutscland. Die Straßen sehen aus wie im Bürgerkrieg. Überall qualmt es. Auch Übergriffe zwischen dem grauem Block und der Polizei gibt es. Zu wenige Polizeikräfte stehen den Randalierern gegenüber. Sie waren scheinbar schlechter vorbereitet als der graue Block, der neue Block des Terrors.

Wir alle sitzen geschockt um das Notebook herum. Auch Abla ist inzwischen dazugestoßen und sitzt neben mir. Sie drückt meine Hand ganz fest, als wolle sie sagen ‚beschütze mich'.

In den Nachrichten werden inzwischen Aussagen von Politikern gezeigt. Die konservativen und liberalen Parteien verachten die Gewalt und rufen nach mehr Polizei, besserer Polizeiausstattung und heute sogar nach dem Einsatz des Militärs innerhalb der Grenzen. Sie wirken überrascht, sogar geschockt, vielleicht auch aufgeweckt.

Politiker und Anhänger der sozialistischen Partei, aber auch von Parteien ähnlicher Ausrichtung, sowie überraschender Weise sogar der ökologischen Partei, verharmlosen die aus meiner Sicht linksradikalen, terroristischen Taten. Sie sagen, es sei alles gar nicht so schlimm und die Konservative und Liberale, auf Wirtschaft fokussierte Politik, habe dies provoziert. Einige beschreiben es sogar als legitime Demonstration. Verrückt ist das aus meiner Sicht.

Ein Vertreter einer eher gemäßigten linken Partei meint auch, wir müssen uns keine Sorgen machen.

Deutschland sei ein stabiles Land. Dies seien nur einmalige Ausbrüche, ähnlich wie Demonstrationen und morgen sei alles wieder gut.

Ich denke, so ähnlich hat man 1998 auch in Venezuela gedacht, dem ehemals reichsten Land Lateinamerikas. Das Land war stabil und zudem ein Urlaubsparadies. Dann kamen die linksradikalen Sozialisten an die Macht. Sie haben erfolgreiche Unternehmen und viel Eigentum der Bürger verstaatlicht. Über verschiedene weitere Maßnahmen haben sie die Wirtschaft in die Knie gezwungen, mit dem Resultat, dass es im ganzen Land an Lebensmitteln und selbst einfachen Medikamenten mangelt. Über jetzt im Jahr 2022 inzwischen 24 Jahre wurde alles worauf die Venezolaner stolz waren zerstört. An die Macht gebracht wurde die Partei vom ökonomischen Analphabetismus breiter Bevölkerungsschichten, sowie der Ausgabe von Waffen und Macht an die Armen und andere für ihre Sache leicht beeinflussbare Parteianhänger. Manchmal frage ich mich, ob nur ich die Parallelen zwischen dem was seit 1998 in Venezuela geschieht und was hier jetzt gestartet ist, sehe. Inzwischen halten Milizen der sozialistischen Partei den venezolanischen Präsidenten an der Macht, sonst nichts mehr. Den Bürgern wurden die Augen geöffnet. Sie wehren sich jeden Tag oder wandern aus. Ich hoffe, hier kommt es nicht so weit. Damit es nicht soweit kommt, müssen wir handeln, hier und jetzt.

„Aus meiner Sicht ist das ein organisierter, linksradikaler Terrorismus zur Verbreitung sozialistischer Ideologien," kommentiert Victor laut.

„Ja," werfe ich ein, „dennoch habe ich das Gefühl, dass wir durch unsere Aktion gestern in einen Bienenstock gestochen haben und alle Bienen jetzt umso aggressiver sind. Wir sind Schuld an dem was passiert."

„Ja und nein," meldet sich Murat, „haben wir sie scheinbar provoziert? Ja, aber es ist immer noch die freie Entscheidung der Menschen was sie machen und je länger wir warten, desto mächtiger werden sie. Wir haben die Schlange gereizt, sie verletzt, jetzt müssen wir ihr den Kopf abschlagen, bevor sie noch mehr Menschen überzeugt, vom Sozialismus zu kosten, der verdorbenen Frucht. Die Leute dürfen ihren Falschmeldungen nicht glauben. Wir müssen weiter machen."

Francois stimmt Murat zu, „richtig. Wir können nicht noch länger warten. Schaue dir ihren Einfluss jetzt schon an. Wir müssen weitermachen, gegen diese Gruppierungen kämpfen. Die Verrückten behaupten, sie kämpfen gegen die Macht- und Dominanzgier der Menschen in der Wirtschaft und gegen die resultierende Ungerechtigkeit. Dabei übersehen sie aber, dass Macht- und Dominanzgier genau das ist, was sie steuert. Sie wollen an die Macht und mit ihren Ansätzen gegenüber anderen dominieren. Sie wollen mit ihrem Einsatz den Sozialismus pflanzen und wachsen lassen, die Freiheit der Menschen dadurch aber auch stark einschränken..."

„Und auch den Fortschritt, Innovation und all den Luxus langsam, aber sicher vernichten. Al die Vorzüge die wir heute genießen, aber nicht wertschätzen, weil wir mit ihm aufgewachsen sind, werden sie durch ihre Maßnahmen abschaffen," unterbricht ihn Vera, „wieso sehen und verstehen diese Idioten denn nicht, dass ihre Ansätze bisher jedes Land nur kaputt gemacht haben?"

„Genau das ist der Grund," ergänzt sie Abla, „weshalb wir weitermachen müssen. Wir müssen, wie Murat sagt, den Kopf abschlagen, die Falschnachrichtenzentrale zerstören. Zu lange haben die Linken, aber früher auch die Rechten die Bevölkerung verblödet."

„Sehe ich ein," stimme ich zu und frage Murat „hat sich der Überläufer inzwischen gemeldet?"

Murat bestätigt, „ja, das habe ich auch gerade geprüft. Gerhard heißt er scheinbar. Gerhard hat geschrieben, dass sich die neue Zentrale innerhalb der Bunkeranlagen unterhalb des ehemaligen Flughafens Tempelhofs befinden. Wir werden also wahrscheinlich keine Beweise, Bilder oder Ton elektronisch heraussenden können. Zudem kann Francois nicht dabei sein. Unsere Kollegen von der Kriminalpolizei haben bisher keine Hinweise dafür gefunden, dass sich die neue Zentrale dort befindet. Es könnte also eine Falle sein."

„Stimmt schon," kommentiert Abla, „aber wir haben auch keine Zeit zu verlieren und das ist nun einmal unser bester Hinweis."

„Ja," stimmt Murat zu.

Es herrscht eine bedrückende Ruhe im Raum. Victor hat den Nachrichten-Stream inzwischen abgeschaltet.

„Dann lass uns einen Plan ausmachen und hin da," kommentiert Victor.

„Ja, auch weitere verdeckte Ermittlergruppen aus Berlin und dem Umland werde uns unterstützen," bringt sich Sophie ein, „ich hatte gerade Kontakt. Polizei und Militär werden die bürgerkriegsähnlichen Zustände im Land unter Kontrolle bringen. Alle verdeckten Ermittlerzellen werden heute Zentren, von denen sie gehört haben, angreifen. Alle Berliner Zellen und die aus dem Umland werden uns unterstützen. Sie mögen uns vielleicht in der Zentrale erwarten, aber nicht alle unserer Gruppen auf einmal gegen alle Kommandozentralen. Zudem ist deren exekutive, der rechte Arm an Chaoten auf den Straßen am Randalieren. Wenn überhaupt ist das heute die beste Chance. Wir müssen sie uns nehmen."

„Ja," stimme ich zu, „lasst es uns anfassen. Gemeinsam sind wir stark."

So laden wir Pläne aus dem Internet herunter. Leider sind große Teile der unterirdischen Anlagen offiziell noch immer unentdeckt, oder zumindest nicht kartographiert. Wir machen eine Taktik aus, treffen uns in der Nähe mit weiteren Gruppen und geben Gerhard Bescheid, dass wir heute um 12:00, zur Mittagszeit eingreifen werden.

Jedes Team verdeckter Ermittler nimmt einen anderen Zugang zu den kilometerlangen Bunkeranlagen. Insgesamt soll es dort auf drei Tiefgeschossen mehr als 300 Bunker und Gänge von fünf Kilometern Länge geben. In Teilen der Anlagen wurden während des Zweiten Weltkriegs sogar Kriegsflieger gebaut.

Einige Minuten vor eins stehen alle Teams mit schwerer Bewaffnung, aber auch Kameras und Speichermedien an ihrer Position. Mein Team um Abla, Victor, Murat, Sophie und Vera betritt das Gebäude über den Haupteingang des ehemaligen Flughafens. Francois ist in der Zentrale, verbunden über den Chip und ruft im Notfall nach Unterstützung. Die Verbindung steht über dem Chip im Kopf.

Um Punkt eins brechen wir durch. Victor knackt die Tür und wir betreten das Gebäude durch die Eingangshallte. Rechts und links stehen leerstehende, verlassene Stände. Früher wurden hier Sachen, vielleicht auch Snacks und Getränke verkauft. In der Mitte folgen noch diverse Reihen metallischer Sitzbänke.

An der Wand am hinteren Ende dieses länglichen Raumes hänge noch ältere Monitore an der Wand. Alles hier befindet sich unter Denkmalschutz und darf deswegen nicht verändert, nicht abgerissen werden.

Der ehemalige Flughafen ist ein riesiges Gelände, auf dem die Zeit stillzustehen scheint. Nur einige Gegenstände erinnern noch an die historische Bedeutung und Entwicklung dieser Anlage. Zumindest die ehemaligen Start- und Landebahnen haben sich inzwischen zu einem riesigen Erholungsgebiet entwickelt. Eine weitere Parkanlage, die es in Berlin gibt, wobei es immer noch an Wohnungen mangelt, wie sollte es auch Neubauten geben, wenn die linksgerichtete Regierung Berlins keine passenden Rahmenbedingungen dafür schafft?

Egal, weiter geht es, auf in die Mission, aber ohne Gebrüll. Wir verlassen die Eingangshalle schon bald in Richtung des linken Flügels. Dieser Teil des Gebäudes wurde zu Zeiten des Kalten Krieges vom US-Militär besetzt.

Beim Erkunden der Räumlichkeiten fällt mir zunächst nichts auf. Wir passieren ehemalige fein ausgestattete Bars, einen Basketballplatz, Squash-Plätze und sogar eine Schwimmhalle, bis wir einen Eingang in die Bunkeranlagen entdeckt haben. Dieses Zeugnis der Geschichte ist schon beeindruckend. Das muss ich zugeben.

Vorsichtig öffnen wir die schwere Metalltür und betreten die Bunkeranlagen. Beleuchtet sind sie hier zumindest nicht, weshalb wir auf Nachtsichtgeräte zurückgreifen.

An den Decken fallen mir gleich Kameras auf, allerdings blinken sie nicht. Sie scheinen abgeschaltet zu sein. Wie es aussieht, hatte Gerhard Erfolg. Er hat das Alarmsystem erfolgreich ausgeschaltet. Ich hoffe nur, dies fällt nicht so schnell auf, oder sie schaffen es nicht, die Kameras zu reaktivieren. So kurz nach dem Umzug kann schon einmal etwas schiefgehen.

Mit gezogenen Waffen schreiten wir schnell voran. Die Wände sind trist, reiner Beton, teilweise auch gemauert. Noch nicht einmal das Graffiti der Berliner Straßen hat es hierhergeschafft. Ein auf dem ersten Blick unberührter Ort, oder gehört das alles zu einer Falle?

Noch gibt es kein Anzeichen einer neuen Zentrale der sozialistischen Partei, außer einiger abgeschalteter Überwachungskameras. Diese müssen aber noch nicht einmal zu den linksradikalen gehören.

Unter Berücksichtigung, dass es hier in etwa 300 Bunkeranlagen auf fünf Kilometerlangen unterirdischen Gängen in drei unterirdischen Stockwerken geben soll, verdeutlich, dass es nicht einfach sein wird, zu finden wonach wir suchen.

Mutig schreiten wir Schritt für Schritt durch die nasskalten Gänge. Hin und wieder landet ein Tropfen auf meinem Visier. Der Boden ist von Staub bedeckt, der an manchen Stellen feucht ist. Darunter ist es fest und fast eben.

Wir können weit in die Gänge hineinschauen. In weiter Entfernung nehmen wir auch andere unserer Teams wahr.

Schon bald entdecken wir ein Treppenhaus. Dieses ist beleuchtet, weshalb wir zum Voranschreiten die Nachtbildfunktion abschalten. In einer Ecke des Treppenhauses sind Kabelanlagen nach unten verlegt. Für das Verlegen wurde extra durch Beton hindurchgebohrt. Versteckt sind die Kabel überhaupt nicht, bisher zumindest.

„Schaut da," kommentiere ich und zeige auf die Kabel.

„Ja, wir sind wohl auf der richtigen Spur," antwortet Murat, „jetzt aber leise weiter."

Geschlossen steigen wir in regelmäßigen Abständen die Treppe hinunter. Murat geht vor, ich folge einige Meter später. Im nächsten Untergeschoss verlaufen weitere Kabel sowohl weiter nach unten als auch hinter die Wand.

Sophie bringt hinter den Kabeln einen Sprengsatz an.

„Hier gibt es entweder auf Knopfdruck, spätestens aber in 30 Minuten eine Explosion, wenn ich die Bombe nicht entschärfe," kommentiert sie, „also lasst uns den Sauhaufen aufräumen. Ich habe den anderen Teams Bescheid gegeben. Kabel verlaufen aber nur in unserem Treppenhaus."

Oben höre ich auf einmal jemanden die Tür öffnen. Sofort ziele ich mit meiner Waffe hoch.

„Alles gut," legt mir Abla die Hand auf die Schulter, „das ist ein Team von uns. Die beiden greifen auf diesem Stockwerk ein. Wir nehmen das unterste Stockwerk."

Etwas beruhigt stimme ich zu, „ok, danke für die Warnung."

Abla lächelt mit ihren wunderschönen natürlich roten Lippen und braunen Augen. Egal, keine Zeit für Irritation hier.

„Dann lasst uns runtergehen, oder?" Frage ich in die Runde.

Murat nickt und geht vor. Ich folge wieder direkt.

Mein Team versammelt sich vor der Tür. Wir warten kurz. Außer unserer Schritte und dessen Echo ist hier absolut nichts zu hören. Schon fast unheimlich ist das, aber auch kein Wunder, bei so dicken Stahlwänden, die uns von dem trennen, was sich hinter der Tür befindet.

„Auf drei schauen wir rein," gibt Murat den Ton an und zählt langsam, „eins, zwei, drei."

Victor zieht die Tür langsam auf. Murat schaut dahinter und kommt schnell wieder zurück.

Er flüstert, „ok, sechs Wachen sind im Gang, drei rechts und drei links. Es scheint, als bewachen sie etwas."

„Auch weiter hinten im Gang melden andere Teams noch Wachen, oben genauso," kommentiert Abla.

„Ok," sagt Sophie, „bitte die Gasmasken aufsetzen. Jedes Team wird Blend- und Schlafgasgranaten in den Raum werfen."

Ich greife schnell in meinen Rucksack und hole meine Gasmaske heraus. Unverzüglich setze ich sie auf. So tun es auch alle anderen.

Victor öffnet die Tür wieder. Murat und Sophie schmeißen je drei Granaten, jeder in eine andere Richtung. Ich nehme an, dies verlief synchron über die Teams.

Im Hintergrund, kurz bevor die Türen schließen, höre ich noch Leute schreien. Dann wird es ruhig.

„Das Team oben wird die Kabel jetzt schon trennen und die Bombe entschärfen," sagt Vera, „schaltet also gleich um auf Nachtsicht. Wir können nicht riskieren, dass sie nach Hilfe rufen."

Sofort ziehen wir die Tür wieder auf und betreten den Flur. Kurz darauf geht das Licht aus. Ich schalte die Nachtsicht wieder ein. Am Boden liegen Wachen. An beiden Seiten sind jetzt unsere Teams hier im Gang.

Murat und ich halten Wache. Die anderen Team-Mitglieder fesseln die Wachen aneinander und auch an eines der Stahlrohre. Die Waffen packen sie in ihre Rucksäcke. Auch Dienstausweise werden mitgenommen. Wer weiß, vielleicht werde die ja nochmal benötigt.

Jedes Team verfolgt dieselbe Strategie. Von hier aus betrachtet, führen die Kabel an der Decke in jeden Raum. Sind die bereits alle voll besetzt, oder noch nicht? Wie viele Leute arbeiten hier wohl?

Leider sind die Türen in die Bunkerräume aus Stahl. Es gibt keine Möglichkeit, mit Kameras hindurch zu spähen.

Wir bereiten uns auf den Extremfall vor. Victor öffnet die Tür vorsichtig zur Seite hin.

Niemand ist im Raum. Hier stehen lediglich Kartons. Es scheint, als sei der Umzug noch nicht komplett abgeschlossen.

Abla flüstert mir ins Ohr, „Francois schaut gerade Nachrichten. Die Bundesbank wurde wohl Opfer eines Hackerangriffs. Das gesamte Bankennetzwerk ist in Gefahr. Alle Banken sind offline gegangen und haben geschlossen. Es breitet sich wohl bereits Angst in der Bevölkerung aus. Erst die Randale auf der Straße, jetzt die Angriffe auf Banken."

„Oh wow," flüstere ich in ihr Ohr und knabbere dabei fast an ihr bezauberndes Ohrläppchen, „dann lasst uns schnell die Quelle der Angriffe beseitigen."

„Das haben wir vorerst bereits erledigt," antwortet Abla flüsternd, „es wird gemeldet, dass die Hacker offline seien, parallel zu dem Zeitpunkt, als wir die Kabel getrennt haben."

„Genau," kommentiert Sophie, „jetzt müssen wir die aber noch komplett dauerhaft ausschalten. Die anderen Teams haben bereits Leute entdeckt, die schreiend im Gang umherlaufen. Sie scheinen erschrocken zu sein. Auch einige Büros sind bereits gesichert."

Wir gehen tiefer in den Raum und in weitere anhängende Räume, aber es gibt nichts zu sehen, nichts zu entdecken, alles sauber.

Auch vier weitere Anlagen sind komplett leer, mit Ausnahme einiger Umzugskartons.

Nach den ersten Räumen kommen wir an eine Tür mit Sicherheitsschloss. Dies ist das erste Anzeichen von Elektrizität, welches ich hier unten gesehen habe. Wieso verfügt dieses elektrische Schloss noch über Strom?

Einen der Dienstausweise der Wachen ziehen wir durch ein Lesegerät hindurch, welches sich am Schloss befindet. Das rote Licht schaltet auf Grün. Murat zieht die Tür auf. Wir anderen stürmen direkt hinein.

Durch die Nachtsichtfunktion werde ich direkt vom Licht geblendet. Sofort schalte ich die Funktion aus.

Von der rechten Seite dröhnt das monotone Summen eines Notstromgenerators. Von der Decke her scheint es hell von frisch installierten neuen Lampen. Die Wände und Decken sind bemalt. Dies ist eine willkommene Abwechslung zu den ansonsten tristen, teilweise mit Ruß bedeckten graubraunen Wänden der Anlagen hier.

In diesem Raum befinden sich einige Schreibtische. Personen, die wie potenzielle Hacker aussehen sitzen hier, scheinen ängstlich zu sein. Hacker sind halt keine Sicherheitskräfte.

Ist einer der Leute hier vielleicht der Maulwurf? Auf jeden Fall sollten wir ihn noch nicht auffliegen lassen. Er könnte uns noch weiterhin helfen.

„Was macht ihr hier? Was seid ihr für eine Abteilung?" Fragt Murat nach.

Niemand antwortet.

„Jungs, es ist ja großartig, dass ihr euch so mit eurem Arbeitgeber identifiziert," fährt er fort, „aber früher oder später werden wir herausfinden, was ihr hier macht. Also spart euch die Unannehmlichkeiten und plaudert gleich los."

„Programmieren," nuschelt einer der Programmierer in der Ecke in seinen Vollbart.

„Ihr seid also Programmierer," fasst Murat auf, „habt ihr hier die Bundesbank gehackt?"

Keine Antwort ertönt weiterhin.

Ich gehe unterdessen weiter in den Raum, in Richtung einer Tür an der linken Wand. Ich gehe hindurch. Hier gibt es einen etwas kleineren, vergleichsweise schwach beleuchteten Raum mit einigen Serveranlagen. Abla folgte mir auf den Schritt.

„Hier ist eine zentrale Serveranlage," kommentiert Abla.

„Gut, fesseln wir sie und manipulieren wir die Server," gibt Sophie den Ton an, „soll sich der Aufräumtrupp um sie kümmern."

Zunächst einmal zerschneidet Vera die Kabelverbindung der Server zur Stromversorgung. Murat, Sophie und Victor fesseln die Programmierer. Abla und ich schauen uns in den Rechnern um. Leider gibt es nicht viel zu erkennen, nur eine Menge Code, Programmierungen, mit denen wir nichts anfangen können.

„Ok, das sollten sich die Experten anschauen," kommentiere ich, „wir sollten weiter. Seid ihr bereit?"

Murat stimmt zu, „ja, lasst uns keine Zeit verlieren."

Victor zerstört die Notstromversorgung und wir schalten die Nachtsichtfunktion wieder ein.

Vorsichtig begeben wir uns zum nächsten Raum. Im Flur sind unsere Kollegen dabei, die Leute die erschrocken rausgerannt sind zu fesseln. Sicher ist sicher, wir dürfen kein Risiko eingehen.

Aus dem nächsten Raum hören wir keine Geräusche. Victor öffnet die Tür langsam. Auf einmal fallen Schüsse.

Wir begeben uns sofort an die Seite, neben die Tür. Victor liegt aber am Boden. Haben sie ihn getroffen?

Sophie wirft eine Blendgranate hinein und wir stürmen vor.

Die Angreifer sind irritiert, schießen aber weilweise in die Luft. Wir erwidern das Feuer mit gezielten Schüssen.

Schon bald liegen sie alle am Boden., zumindest die Sichtbaren. Auch hier stehen wieder Computer, aber auch Ordner.

Vera geht herum und prüft den Puls jedes einzelnen, als plötzlich erneut ein Schuss fällt. Sie geht zu Boden. Murat, Sophie, Abla und ich gehen sofort wieder in eine angespannte Haltung. Und nähern uns einer Tür an der rechten Seite. Sophie wirft eine Blendgranate hinein. Wir drehen und kurz um. Und nehmen schließlich auch den letzten Schützen aus dem Verkehr.

Abla und ich setzen uns an die Rechner, während Murat und Sophie sich um die getroffenen Victor und Vera kümmern.

„Von hier aus wurden Falschnachrichten verbreitet," kommentiert Abla, „aber wieso waren gerade die hier bis auf die Zähne bewaffnet?"

„Das kann ich dir auch nicht sagen," erwidere ich, „aber ich denke, Francois sollte Unterstützung anfordern."

„Ja, die ist schon unterwegs," kommentiert Abla, „für die nächsten Räume müssen wir aber noch vorsichtiger sein, gerade auch du, Micha."

Da war es wieder, in einer Situation totaler An-spannung nennt sie mich mit dem Spitznamen, den normal nur meine Frau verwendet. Was hat das zu be-deuten?

Ein anderes Team ist inzwischen dazugestoßen. Sie haben zwei Mediziner und kümmern sich um un-sere verletzten. Victor scheint aber bereits tot zu sein. Ihn hat eine Kugel wohl ins Herz getroffen. Schade für seine Frau in Israel. Sie wird es hart treffen.

Wir schreiten unterdessen weiter voran und räu-men einen Bunker nach dem anderen.

Auch andere Teams haben kämpferische Ausei-nandersetzungen, im Großen und Ganzen verläuft der Rest eher harmlos. Nach einiger Zeit trifft schließlich auch die Unterstützung der Kriminalpolizei ein.

Eines der Teams ein Stockwerk höher hat sogar di-rekt die Bunker-Büros der Führungsetage aufgedeckt. Hier waren aktuell zwei der führenden Politiker der sozialistischen Partei anwesend. So wurden auch sie auf frischer Tat ertappt.

Dank des Vertrauens in den Maulwurf konnten wir heute die geheime Zentrale der sozialistischen Partei aufdecken und mit kriminellen Taten in Verbindung bringen.

Trotz unserer schweren, auch persönlichen Ver-luste freuen wir uns dennoch ein wenig. Heute ist uns ein großer und erfolgreicher Schlag gelungen, auch wenn sich die Ausschreitungen in den Städten noch nicht beruhigt haben.

Dank der Unterstützung des Maulwurfs konnten wir die Lügenpresse und Cyberangriffe der sozialistischen Partei aufdecken, denke ich. Mit den Einsätzen der letzten beiden Tage haben wir es sogar geschafft, andere sozialistische Regierungen mit unethischem und illegalem Verhalten in Verbindung zu bringen. Ob damit wirklich mehr Gerechtigkeit und eine bessere Sicherung der Menschenrechte in Deutschland und auf der ganzen Welt erreicht werden kann, bleibt noch offen. Deutschland haben wir aber anscheinend aus den Schlingen der tiefroten Partei, vom sozialistischen Krebsgeschwür befreit.

Am Abend gehen wir zu fünft noch einmal gemeinsam essen. Dies wird wohl unsere letzte gemeinsame Nacht, unser letztes gemeinsames Abendmahl. Morgen werde ich zu meiner Familie fliegen, meine Frau und Tochter wieder in die Arme schließen und nie wieder loslassen.

Gemeinsam sitzen wir bei einem Italiener. Wir haben gerade das Essen bekommen.

Ich hebe mein Glas und sage, „Team, Freunde, heute haben wir einen wichtigen Schritt in eine bessere und freiere Zukunft für Deutschland getan. Wir haben einen wichtigen Schlag gegen den linksextremen Terror erreicht. Leider haben wir dabei Freunde verloren, aber lasst uns das Positive zuerst sehen. Dank der Opfer, die unsere Freunde erbracht haben, können wir uns endlich wieder sicherer auf den Straßen fühlen. Nach dem Rechtsextremismus und dem islamistischen Fanatismus konnten wir endlich auch den Linksextremismus in die Schraken weisen. Ich danke euch allen und gerade auch dir, Abla. Dank dir war ich die Nächte weg von meiner Familie nicht so einsam. Für mich war es wichtig, dass du da warst. Morgen werde ich meine Familie endlich wiedersehen. Danke euch allen. Ich bin mir sicher, wir werden uns bald wiedersehen, wenn ich zurück bin."

„Dem kann ich mich nur anschließen," fährt Murat fort, „ihr wäret übrigens auch ein tolles Paar. Wie dem auch sei. Gerade auch für dich Michael, der du es noch nicht weißt, aber auch die meisten anderen verdeckten Ermittler-Teams waren erfolgreich. Einige Verluste mussten wir hinnehmen, aber im Großen und Ganzen waren wir erfolgreich. Mit den von uns gewonnenen Informationen kann die Polizei fortfahren. Informationen über Maulwürfe in diversen Behörden konnten gewonnen werden. Danke euch allen."

„Ja," fügt nun auch Francois hinzu, „danke euch, dank unserer Aktion gestern waren die Zentren der sozialistischen Partei weniger von der GegenKa geschützt. Dank unseres Einsatzes von gestern waren wir heute mit weniger Verlusten erfolgreich."

„Und auch das Militär und die Polizei bekommen langsam wieder die Straßen ruhig. Tausende linksradikaler und auch unpolitischer Randalierer wurden heute inhaftiert. Auf Grund der Masse an neuen Häftlingen, wurden einige Gefangene auch in die Niederlande gebracht, wo die Gefängnisse fast leer waren," bestätigt Sophie.

„Auch dir Micha, einen ganz besonderen Dank," schließt Abla die Runde und fasst nach meiner Hand, „auch du hast mir geholfen, meine Familie weniger zu vermissen, ohne dich dabei an mich ran zu machen. Ich hätte mir keinen besseren Zimmergenossen vorstellen können."

Sie macht eine kurze Pause und fährt fort, während sie immer noch sanft meine Hand hält, „natürlich auch euch anderen herzlichen Dank. Trotz unserer Verluste waren wir schon sehr erfolgreich und ich kann endlich wieder positiver in die Zukunft schauen."

„Und sicher," fährt sie fort und schaut mir tief in die Augen, „sicherlich werden wir uns sehr bald wiedersehen. Auch ich finde, dass sich hier eine wundervolle Freundschaft entwickelt hat."

„Übrigens," wirft Francois ein, „mein Boss bei der Europol will dich, Michael auch für die Europol gewinnen. Vielleicht werden wir alle ja ein dauerhaftes neues Team sein."

„Ja," sage ich, „das muss ich mal sehen. Ich will meine Familie nicht mehr dem Risiko aussetzen und nicht mehr so viele Geheimnisse vor ihr haben. Ich überlege, in den inneren Dienst zu wechseln."

„Überlege es dir gut," sagt Murat. Ich antworte darauf nicht.

So trinken wir auf uns und unseren Erfolg. Einer nach dem anderen verschwindet und ich spüre den Wein immer mehr in mir wirken.

Am Ende sind nur noch Abla und ich da, nebeneinandersitzend. Wir verstehen uns super und kommen uns immer näher, bis wir uns dem Feuer zwischen uns hingeben.

Wir probieren von der verbotenen Frucht und küssen uns. Leidenschaftlich küssen wir uns.

Eng umschlungen gehen wir nach dem Zahlen der Rechnung aus dem Restaurant und schlendern in Richtung der Zentrale, der Wohnung.

Die Treppen steigen wir hinauf und fallen direkt ins Bett. Wir küssen uns weiter und ziehen uns betrunken und hastig gegenseitig aus.

Alles um uns heraus haben wir vergessen. Wir geben uns dem Moment hin und küssen uns. Ich fühle mich, als könne uns nichts mehr zertrennen. Ich küsse sie über den ganzen Körper, ihren Nacken, bis sich unsere Körper endgültig vereinen.

Unsere letzte Nach genießen wir vollkommen frei und ungezwungen zusammen, ermächtigt durch den Wein. Erst Stunden später schlafen wir nackt und in unseren Armen liegend ein.

Ein letztes Erwachen

Der nächste Morgen beginnt für mich mit tierischen Kopfschmerzen. Ich schaue an mich herunter und zu Abla, realisiere, wir tragen keine Kleidung. Was ist hier bloß passiert, oder wieso? Ich weiß was passiert ist, aber wieso?

Dieser verdammte Alkohol verursacht nicht nur tierische Kopfschmerzen und eine leichte Übelkeit, er hat auch scheinbar die Hürden zwischen Abla und mir fallen lassen.

Sicherlich war es eine wunderschöne Nacht, aber was passiert jetzt? Wie werden wir uns verhalten? Werden wir uns noch in die Augen schauen können?

Mal abgesehen von uns, Abla und mir, viel wichtiger, wie werde ich mich meiner Familie gegenüber verhalten? Werde ich offen sein und bei der Wahrheit bleiben? Lügen haben ja bekanntlich kurze Beine.

All diese Fragen, diese Gedanken machen meine Kopfschmerzen auch nicht gerade besser. Verdammt, wie konnten wir bloß die Glücksgefühle von gestern so ausarten lassen?

„Hey," tönt es sanft von der Seite.

„Guten Morgen," antworte ich, „wie geht es dir?"

„Nicht so gut," antwortet sie, „ich habe einen tierischen Kater und fühle mich, als hätte ich Sex gehabt, letzte Nacht."

Ich drehe mich zu ihr und frage sie, „du erinnerst dich nicht?"

„Nein, Micha, ich erinnere mich nicht, was war denn?" Stellt Abla die Gegenfrage.

„Wir hatten wohl ein wenig zu viel Wein gestern Abend und haben die Nacht mit unglaublich wundervollen, leidenschaftlichen, aber auch schuldigen Sex beendet," erkläre ich.

„Du und ich?" Fragt sie.

„Ja," antworte ich kurz.

„Oh," gibt Abla von sich.

Da liegen wir jetzt nackt nebeneinander im Bett, peinlich berührt. Lediglich die Decke bedeckt neben den Schuldgefühlen Teile unserer Körper. Wir fühlen uns wohl beide, zumindest aber ich irgendwie peinlich berührt und schuldig, aber irgendwie auch einfach glücklich und zufrieden, unseren Gefühlen und unserer Leidenschaft gefolgt zu sein.

Wie geht es aber jetzt weiter zwischen uns? Wie geht es weiter mit meiner Familie? Was will ich?

„Jetzt müssen wir uns wirklich die Frage stellen," denke ich laut vor mich hin.

„Ob wir dem frischen Feuer zwischen uns folgen, oder der vertrauten und zuverlässigen Liebe," ergänzt mich Abla wie aus dem nichts.

„Ja, genau," bestätige ich, „aber ich denke, ich bin mir sicher."

„Ich mir auch," wirft Abla ein.

Zusammen sagen wir wie im Einklang, „wir sollten zurück zu unserer Familie."

Ich führe fort, „das zwischen uns war ein unglaubliches und atemberaubendes Abenteuer."

„Aber nicht mehr als das, zu viel haben wir zu verlieren," ergänzt mich Abla erneut.

Und erneut sagen wir fast synchron, „ein Abenteuer von dem niemand erfahren darf."

Wir lächeln uns an, geben uns einen letzten leidenschaftlichen Kuss auf die Lippen, stehen auf und ziehen uns an, als Murat reinplatzt.

„Team, wir haben ein Problem," sagt er, „der Polizeikonvoi mit der politischen Führung an Bord wurde angegriffen und die Politiker befreit, in der letzten Nacht. Wir müssen noch einmal ran. Alle Teams von gestern werden unterstützen."

„Ok," sage ich, „aber mein Flug geht in sechs Stunden. Den will ich kriegen."

„Wir werden uns beeilen," sagt er, „also raus jetzt, Schutzkleidung an Waffen ran und dann raus hier."

So beeilen wir uns, ziehen unsere Schutzkleidung wieder an, frühstücken schnell eine Kleinigkeit und begeben uns zurück in den Alltag.

Wir fahren vorbei an zerschlagenen Schaufenstern, geplünderten und verbrannten Geschäften, demontierten Straßenschildern, ausgebrannten Fahrzeugen und Müllcontainern sowie auch reichlich Müll auf den Straßen. Sogar schlimmer als an Neujahr sieht es hier aus. Wer in der Stadt gewütet hat, hat keine Rücksicht und keinen Halt vor nichts und niemanden genommen.

Francois ist natürlich in der Zentrale geblieben. Zu frisch ist seine Verletzung.

Je weiter wir den Stadtraum verlassen, desto weniger schlimm waren die Ausschreitungen scheinbar.

So schnell wie möglich fahren wir nach Kienbaum bei Berlin, einem ehemaligen Trainingsbunker der Leichtathleten zu Zeiten der DDR. Mit Hilfe von Luftdruck-Kammern kann hier ein Höhentrainingslager simuliert werden. Hoffentlich wird das nicht eine Falle für uns werden. Auch heute trainieren hier noch Athleten, habe ich gehört, scheinbar aber auch Aktivisten der GegenKa und der sozialistischen Partei.

Als wir uns dem Gelände nähern, haben Kriminalpolizei und andere verdeckte Ermittler die meisten Aktivisten an der Oberfläche bereits überwältigt und gefangen genommen. Sie kümmern sich jetzt um die Gebäude an der Oberfläche. Mein Team und ich, wir kümmern uns um den Bunker.

Vitali, Frederik und Hans aus anderen Teams unterstützen uns hierbei.

Frederik öffnet die Tür, auf der auch wieder die zwei sich kreuzende roten Fahnen im Wind erkennbar sind. Hier sind wir offensichtlich richtig. Wir gehen vorsichtig und einer nach dem anderen die Treppe hinunter. Ich gehe vor, Murat folgt mir.

Die Bunkeranlagen hier sind scheinbar besser in Schuss gehalten, werden regelmäßig renoviert und saniert. Hier tropft es nicht von der Decke. Auch der Boden ist angenehmer zu laufen.

Im Bunker angekommen, liegt vor uns zunächst ein kurzer Gang mit weißen Wänden. Eine stählerne, hellgrau gestrichene Tür mit normalem Türgriff trennt uns vom nächsten Raum.

Ich öffne die Tür. Murat, Frederik, Vitali, Hans, Sophie, Abla und zuletzt ich treten hinein. Auch dieser Raum ist leer, eine große Halle, in der scheinbar verschiedene Sportarten trainiert oder Gegenstände gelagert wurden. Schnell gehen wir einen Raum weiter. Es folgt erneut ein kurzer dunkler Zwischenraum., vor dem nächsten Raum.

Mit Betätigen des Türgriffs fallen bereits erste Schüsse. Dellen in der Stahltür zeigen, wo die Schüsse gelandet sind und dass wir zum Glück sicher sind, aber wie lange?

Wir verstecken uns alle seitlich im Zwischengang. Murat stößt die Tür in geduckter Haltung auf und wirft eine Tränengasgranate in den Raum. Es fallen weitere Schüsse.

Abla und ich lehnen uns unterdessen ein wenig zurück und fallen mit einem Regal hinter uns in einen kleinen, kaum beleuchteten versteckten Raum. Da spüren wir wohl noch die Folgen des Alkoholkonsums. Eine schwere Stahltür fällt zwischen uns und den anderen zu.

Sehr schnell erkenne ich, wie jemand die Tür von der anderen Seite öffnen will, aber es tut sich nichts.

Auf einmal fällt auch das Licht aus. Abla und ich tasten uns an der Wand hoch, zur Tür und versuchen sie mit unserem Gewicht aufzudrücken. Nichts tut sich. Immer kräftiger versuchen wir es.

Nach kurzer Zeit rutsche ich mit einem Bein weg und drücke damit auch die Beine von Abla nach hinten weg.

Wir fallen. Abla dreht sich dabei halb, so dass sie auf dem Rücken liegt und ich auf dem Bauch über ihr. Wir scheinen noch nicht komplett nüchtern zu sein, zumindest fühle ich mich noch immer betrunken.

„Die Anderen gehen schon einmal vor," flüstert Abla leise und überwältigt.

So liegen wir hier in absoluter Dunkelheit, allein und voller Adrenalin im Blut. Neben dem Kater auch noch der Scham uns ein wenig Erregung.

Sie flüstert weiter, „die anderen betreten den nächsten Raum," und sie gibt mir einen Kuss auf die Lippen, bevor sie fortfährt, „sie überwältigen die Wachen im Raum. Da ist ein leeres Schwimmbecken. Dort haben sich die Wachen versteckt."

Jetzt komme ich den Lippen von Abla näher und küsse sie. Diese Leidenschaft ist einfach noch nicht verflogen und das Extrem der Situation feuert sie zusätzlich an.

Halb auf meine Lippen beißend erzählt sie weiter, „wir sollten nicht immer den Regeln folgen, aber das Leben mehr genießen."

„Ist bei den anderen alles klar?" Frage ich nach, um abzulenken.

„Die anderen sind jetzt in einem Raum voller Räder," erzählt sie mir zärtlich ins Ohr.

„In dem Raum mit den Fahrrädern sind die gesuchten Personen," flüstert sie mir ein wenig später zu.

Es fühlt sich so unglaublich gut an, ihre Nähe zu spüren. Das Gemisch aus Alkohol und Adrenalin im Blut scheint uns Grenzen ignorieren zu lassen.

Als wir auf einmal jemanden hören, der an der Tür werkelt, springt Abla auf. So folge auch ich ihrem Vorbild bald. Nach kurzer Zeit öffnet sich die Tür. Murat öffnet sie.

„Hallo ihr zwei Turteltauben," begrüßt er uns und lächelt, „Michael, du solltest den Lippenstift am Hals verstecken."

„Haha," kommentiert Abla, „aber kein Wort zu niemandem. Nicht ist hier passiert." Ihr Ton wird ernster.

Ich stärke ihren Wunsch, „genau, was im Bunker passiert, bleibt hier gefälligst auch. Wir sind nur Freunde."

„Freunde mit gewissen Vorzügen, wie ich hier sehe," bemerkt Murat.

„Ja ja, wenn du meinst," sagen wir synchron, wie heute Morgen.

„Gut abgesprochen scheint ihr euch ja schon zu haben," kommentiert er, „von mir erfährt niemand etwas" und er zwinkert.

Zusammen gehen wir raus. Polizisten führen langsam einen nacheinander ab, in Gefangenen Transporter.

Ein Gefangener hält auf einmal vor mir an. Ich glaube, ihn in Frankfurt (Oder) gesehen zu haben, vielleicht auch im Polizeirevier in Berlin. So genau kann ich mich leider nicht erinnern.

„Herr Pfeiffer," sagt er in wütendem Ton, „sie, hier? Sie sind die Quelle alles Bösen. Wegen Ihnen hat der Zerfall begonnen. Sie und Ihr Team haben

Deutschland fast um seine wunderbare Zukunft gebracht. Fühlen Sie sich bloß nicht sicher. Es ist noch nicht vorbei. Ehrlich gesagt hat es gerade erst begonnen."

Der Polizist drückt ihn weiter nach vorne, während der Mann anfängt, dreckig und voller Vorfreude zu lachen.

Beim Abführen ruft er noch, „ihr könnt uns gar nicht mehr aufhalten. Ihr werdet euch noch umschauen, die nächsten Tage."

„Unheimlich," kommentiert Abla und legt ihren Arm zur Beruhigung um mich.

„Ja," fügt Murat hinzu, „aber mach dir keine Sorgen, das ist nur das letzte verzweifelte Aufbäumen. Europol kann jetzt endlich in der EU aufräumen, die Demokratie und die Verfassungen schützen, die Freiheit gewährleisten. Du wirst schon bald wieder überall sicher sein."

„Danke, Freunde," bedanke ich mich, „jetzt werde ich aber erst einmal einige Zeit in Israel verbringen, denke ich, mich erholen und so."

Geschlossen gehen wir im Team zurück zum Transporter und fahren zurück in die Zentrale. Ich packe schnell meine Sachen. Das Team fährt mich zum Flughafen.

Ein seltsames Gefühl erobert meinen Bauch. Werde ich Abla vielleicht nie wiedersehen? Ich denke, ich werde sie vermissen, aber ich muss mich halt entscheiden. Wir müssen uns beide entscheiden und wir haben uns entschieden, für unsere Familien, für Stabilität und Sicherheit statt Verspieltheit und Abenteuer.

Ich erinnere mich auch zurück daran, was für ein seltsames Gefühl es gewesen ist, als der Chip in meinem Kopf aktiv war. Die Träume, die sich so real anfühlten und es auch waren. Die Möglichkeit, mich mit meinen Gedanken mit anderen austauschen zu können. Unheimlich war das, aber auch cool, irgendwie. Schade, dass mein Chip kaputt ist.

Schon verrückt, was in den letzten Monaten passiert ist, die Flucht aus Frankfurt (Oder) und der Polizeistation in Berlin, die Nacht im Freien und der erste Kontakt zu Sophie. Wer hat schon so kurz nach einer absoluten Verzweiflung ein Team gefunden, dem er vertrauen konnte und es dann aus eigener Schuld wieder verloren?

Natürlich hat mich das ein wenig in den Wahnsinn getrieben, aber die Überreste aus meinem alten Team haben mich dann gerettet und wir haben ein neues Team aufgebaut, ein stärkeres Team.

Zusammen haben wir die Zentrale der GegenKa und auch der sozialistischen Partei zerstört und selbst das letzte Erwachen des Alptraumes wieder in die richtigen Bahnen gelenkt.

Die letzten Wochen waren schon besonders und außergewöhnlich. Ich bin aber dennoch froh, wieder in geordnete Bahnen zurück zu kommen.

Im Transporter drückt mir Murat einen Umschlag in die Hand.

„Hier," sagt er, „das ist dein Ticket für einen Privatflieger von Verbindungen. Die Sitze dort sind besser als in der ersten Klasse. Europol hat das für dich organisiert, als Dank für deinen Einsatz. Du musst deinen Linienflug also nicht benutzen."

„Danke," antworte ich und umarme ihn, „danke euch für alles. Ich werde euch wirklich vermissen."

„Wir dich auch," bestätigt Sophie.

„Ja, ich auch," stimmt Murat zu.

Abla verliert lediglich eine Träne und schaut aus dem Fenster. Francois wurde leider ins Krankenhaus gebracht. Von ihm konnte ich mich nicht wirklich verabschieden. Schade eigentlich

Am Flughafen angekommen, begleitet mich das Team weiterhin. Abla hält sogar meine Hand. Zum Glück ist der Flughafen Tegel so klein, dass wir möglichst lange zusammen hierbleiben können.

Kurz bevor ich in den Flieger muss, verabschiede ich mich von allen noch einmal persönlich, als letztes auch von Abla. Alle anderen lassen uns zwei noch einmal allein.

Abla zieht mich nahe zu sich, und gibt mir eine feste Umarmung.

Sie flüstert mir ins Ohr, „stelle ja nichts Dummes an, kümmere dich um deine Familie. Ich bin deine einzige Dummheit, deine einzige Sünde ok?"

„Ok," bestätige ich sie, „versprochen, und ich bin deine einzige Sünde."

„Ja," sagt sie und lächelt.

Wir geben uns einen letzten leidenschaftlichen Kuss, bevor mich Abla wegdrückt.

„Jetzt geh aber," fordert sie mich auf.

„Bis bald," verabschiede ich mich und verlasse sie, gehe in den Flieger und auf meinen Platz.

Dieser Flieger ist echt komfortabel. Nur wenige Leute sitzen hier. Wir starten und heben ab. Ich genieße noch einen letzten Blick über Berlin, als ich plötzlich mitten in der Stadt eine weitere große Explosion erkenne.

Gehört das zum letzten Erwachen oder war es etwa kein letztes Erwachen? Folgt jetzt vielleicht ein neuer Terror? Ist dies, was der Typ aus dem Bunker angedeutet hat? Ach du scheiße, was passiert hier bloß?

Agent Pfeiffer als goldener Reiter

Anhang

Personen

Folgende Personen sind wichtiger Bestandteil der Geschichte.

Name	Funktion	Position
Abla	Vertrauensperson, Team-Mitglied, Süße Sünde	Verdeckte Ermittlerin Europol
Francois	Vertrauensperson, Team-Mitglied	Verdeckter Ermittler Europol
Frederik	Vertrauensperson, Team-Mitglied	Verdeckter Ermittler Europol
Gerhard	Überläufer	Hacker Sozialistische Partei
Giovanni	Vertrauensperson, Team-Mitglied	Verdeckter Ermittler Europol
Hans	Vertrauensperson, Team-Mitglied	Verdeckter Ermittler Europol
Hase		GegenKa Mitglied Zentrale
Lisa Pfeiffer	Ehefrau von Michael	Krankenschwester
Marc	Vertrauensperson, Team-Mitglied	Agent Europol
Maria	Informantin	Bedienung im Restaurant in Senftenberg
Max	Informant	Obdachloser in Reppist (Senftenberg)
Meier	Vermeintliches Parteimitglied	Streifenpolizist Berlin Köpenick

Agent Pfeiffer als goldener Reiter

Name	Funktion	Position
Michael Pfeiffer (Israeli Pass: Simon Farhi)	Ich-Erzähler	Ursprünglich BFV-Agent kooperiert mit Europol
Murat	Vertrauensperson, Team-Mitglied	Verdeckter Ermittler Europol
Samantha Pfeiffer	Tochter von Michael und Lisa	
Sophie van der Meer (Lehmann)	Retterin aus der Not	Verdeckte Ermittlerin Europol
Sturm		Höheres GegenKa Mitglied Zentrale
Sven	ehemaliger Kollege von Michael	Agent GfV
Thomas	Vertrauensperson, Team-Mitglied	Verdeckter Ermittler Europol
Vera	Vertrauensperson, Team-Mitglied	Verdeckter Ermittler Europol
Victor	Vertrauensperson, Team-Mitglied	Verdeckter Ermittler Europol
Vitali	Vertrauensperson, Team-Mitglied	Verdeckter Ermittler Europol

Anhang

Über den Autor

Simon Sprock ist ein ambitionierter freiberuflicher Unternehmensberater, Krebsbesieger und leidenschaftlicher Autor. Über viele Jahre trainiert er seine Fähigkeiten in den Bereichen Finanzen & Controlling, Strategie sowie dem Schreiben entwickelt. Im Oktober 2018 wurde sein autobiographischer Roman „#Krebspatient" vom Verlag tredition zum Buch des Monats gekürt.

Simon liebt es, Geschichten zu erzählen, mit denen er über Emotionen und Inspiration Tugenden wie Positivismus und Motivation verbreiten kann. Sein Ziel ist es, ein Licht in den Köpfen seiner Leser zu entflammen, sie zu inspirieren und zu neuen Kräften zu motivieren.

Nach jahrelanger Arbeit in der Berliner Startup-Szene, findet er sich plötzlich in einem Kampf gegen den Krebs wieder. Am Anfang war dies ein schwerer Schlag mit schlechten Prognosen, aber mit dem Glauben an sich und dem Können der Ärzte hat er es geschafft. Seitdem nimmt er sein Leben noch mehr selbst in die Hand und realisiert zunehmend seine Träume.

Neben dem Schreiben und der Unternehmensberatung entwickelt Simon unter „Sprock Ventures" auch Projekte wie simonsprock.com, coachiendo.com und falamoda.com

(Berlin, 04.01.2020, für Updates schaue auch auf http://www.simonsprock.com)

Weitere Werke von Simon Sprock:

Bereits erschienen:

> "Stop drifting, be alive" (2017), Abenteuer
> „Europa, auferstanden aus Ruinen" (2017), Science-Fiction
> „Lass uns Weihnachten retten" (2017), Kinderbuch
> „#Krebspatient" (2018), Ratgeber und Erfahrungsbericht

- Bücher aus der Reihe „Rote Fahnen im Wind":
> Buch 1: „Agent Pfeiffer und die Klassenfeinde"
> Buch 3: „Schmitts Intermezzo"
> Buch 4: „Schmitt und Team gegen das Regime"

Weitere neue Werke, sowie auch Sachbücher sind aktuell in Bearbeitung.

Zeitfracht Medien GmbH
Ferdinand-Jühlke-Straße 7
99095 Erfurt, Deutschland
produktsicherheit@kolibri360.de